VERBORGEN: JAYDEN

EAGLE TACTICAL BUCH VIER

WILLOW FOX

SLOWBURN
PUBLISHING

Verborgen: Jayden

Eagle Tactical Buch Vier

Willow Fox

Veröffentlicht von Slow Burn Publishing

© 2022

v3

Übersetzt von uragaan

Überarbeitet von Daniel T.

Umschlagdesign von GetCovers

KAPITEL EINS

Skylar

Die Musik dröhnte aus den Lautsprechern und machte es mir schwer, zu denken und zu hören. Nicht, dass es viel zu denken gäbe.

Ich kippte einen Tequila und dann noch einen.

„Schlechter Tag?", fragte der Barkeeper.

Sein Vorname war Jayden. Seinen Nachnamen kannte ich nicht, und ich war oft in der Bar gewesen.

Meistens, um etwas herauszufinden, was eigentlich bedeutete, sich vor meinem Bruder und seiner Freundin zu verstecken.

Jayden war nach der Arbeit auch kein schlechter Anblick, wenn ich mir vorstellte, wie unsere Körper heiß und verschwitzt ineinander verschlungen waren.

Schade, dass ich nicht den Mut hatte, ihn nach Hause einzuladen. Andererseits hatte ich ja auch kein eigenes Zuhause.

Die Wahrheit war, dass die Vorstellung, ihn nackt und uns beide in die Laken eingewickelt vorzustellen, eine willkommene Abwechslung in meinem langweiligen und belanglosen Leben war.

„So ähnlich", sagte ich leise.

Es war zwar kein toller Tag, aber die Arbeit im Coffee Shop war der einzige Job, für den ich qualifiziert war.

Außerdem schien niemand jemanden einzustellen. Außerdem müsste ich eigentlich mein Geld für eine eigene Wohnung sparen, anstatt es für überteuerten Alkohol auszugeben, aber es war einfacher, hierherzukommen und den heißen Barkeeper anzustarren.

Er hatte etwas an sich.

Dunkel und geheimnisvoll.

Tattoos bedeckten seine Arme, die unter seinem schwarzen T-Shirt hervorlugten. „Sind die echt?", fragte ich und deutete auf die Tattoos auf seinen Unterarmen.

Ich brauchte mehr Freunde.

Mein Bruder hatte eine ganze Reihe von Tattoos, aber ich war unmarkiert und ein unbeschriebenes Blatt. Ich konnte meinen Blick nicht von Jaydens Unterarmen losreißen.

„Nein, ich verbringe jeden Morgen damit, mit einem Permanentmarker auf meine Haut zu kritzeln, um die Frauen zu beeindrucken", sagte Jayden.

Bissig.

Ich trank meinen Shot aus und deutete ihm an, mir noch einen einzuschenken.

Er schnappte sich die Flasche Tequila und goss die bernsteinfarbene Flüssigkeit in ein Schnapsglas. „Weißt du, Skylar, du könntest mich einfach fragen, ob wir ausgehen, wenn du mich sehen willst. Du musst nicht jeden Abend nach deiner Schicht in die Bar kommen."

Ich stützte meine Arme auf die Bar und lehnte meinen Kopf auf meine Arme.

Ein unangenehmes Stöhnen kam über meine Lippen.

„Was ist das?", fragte Jayden und lachte über das Gesicht. „Habe ich dich in Verlegenheit gebracht?" Er klang nicht im Geringsten entschuldigend.

Ich wette, er flirtet mit allen weiblichen Kunden—alles, um mehr Trinkgeld zu bekommen.

Wahrscheinlich hat es bisher auch funktioniert.

Er sah gut aus, wenn auch mit einer dunklen und geheimnisvollen Ausstrahlung, und sein Blick machte mir weiche Knie.

Er war in jeder Hinsicht ein böser Junge.

Ich brauchte nicht aufzublicken, um zu wissen, dass er ein breites, selbstgefälliges Grinsen im Gesicht hatte. Mit einem schweren Seufzer hob ich meinen Kopf und starrte zu ihm hoch.

„Stellt ihr Leute ein?" Ich brauchte einen Job, der genug Geld einbrachte, damit ich eine Wohnung mieten oder mir etwas kaufen konnte.

Mein ganzes Geld ging für Autoreparaturen, Versicherungen und Schnaps drauf. Vielleicht bin ich zu viel ausgegangen.

„Nicht in der Bar ...", seine Stimme wurde leiser.

Das erregte meine Aufmerksamkeit. „Kennst du einen Ort, der das ist?"

Er griff nach dem leeren Schnapsglas und nahm es weg, ohne es mit einem neuen Getränk zu füllen. „Jayden?"

Er schaute sich um, bevor er sich näher heranlehnte.

Worüber machte er sich Sorgen?

Es waren ein paar Gäste in der Bar, aber es war laut und es war schwer, bei der pulsierenden Musik etwas zu hören.

„Komm mit mir nach hinten." Jayden gab einem anderen Mitarbeiter ein Zeichen, dass er eine Pause machen wollte.

Ich folgte Jayden durch den abgedunkelten Gang, und dann durch den Hinterausgang der Bar.

Die laute Musik schien hinter der geschlossenen Tür weit weg zu sein. Meine Ohren klingelten.

„Kennst du einen Laden, der Leute einstellt?", fragte ich erneut, meine Stimme lauter, als ich beabsichtigt hatte.

Seine Antwort war ein Flüstern, seine Stimme leise, sein Tonfall machte klar, dass wir darüber schweigen sollten. „Ich brauche einen Partner für einen Job, der nicht in den Büchern steht. Er wird in bar bezahlt."

Ich mochte Bargeld, vor allem, wenn ich es nicht bei der Regierung einreichen musste.

„Was ist das für ein Job?", fragte ich. „Ich werde kein Drogenkurier sein." Ich hatte genügend Filme gesehen, um zu wissen, dass das nie gut für den Drogenkurier ausgeht.

Außerdem hatte ich nicht vor, eine Zeit hinter Gittern zu verbringen.

Jayden schnaubte leise vor sich hin. „Es geht nicht um Drogen, aber es ist auch nicht weniger gefährlich."

„Okay." Ich konnte mit der Gefahr umgehen.

Er starrte mich mit einem durchdringenden Blick an. Er musterte mich zweimal von Kopf bis Fuß. „Du darfst niemandem von dem Job erzählen."

Ich tat so, als würde ich meine Lippen schließen, wie ich es als Kind tat. „Mach dir keine Sorgen. Ich habe hier keine Freunde."

„Das gilt auch für deinen Bruder und seine Freundin", sagte Jayden.

Ich verlagerte das Gewicht von meinen Füßen. „Du kennst meinen Bruder?" Das war mir etwas unangenehm.

Was wusste er noch über mich, was ich nicht wusste?

Er nickte stumm. „Du wohnst bei ihm."

„Woher zum Teufel weißt du das?" Ich zeigte auf seine Brust und stupste ihn dabei an.

Er zuckte nicht einmal zusammen. „Auf deinem Führerschein steht seine Adresse."

Oh. Er hatte recht. Ich hatte meinen Ausweis geändert, nachdem ich in die Stadt gezogen war. „Du kennst meinen Bruder." Das war mehr eine Feststellung als alles andere.

Woher kannten sich die beiden? Ich hatte sie noch nie miteinander reden sehen und Jaxson hat Jayden nie erwähnt.

Jayden ging nicht weiter darauf ein. „Kannst du ein Geheimnis vor ihm bewahren oder nicht?"

„Er weiß nicht, dass ich jeden Tag nach der Arbeit hierherkomme", sagte ich. Das war ein Geheimnis, das ich vor ihm verbarg. Es gab noch ein Dutzend mehr.

„Ich meine es ernst, Skylar. Wenn du für mich arbeitest, darf das niemand wissen. Es wird ein Undercover-Einsatz sein."

Er klang genau wie Jaxson, wenn es um sein Eagle Tactical Geschäft ging. „Bitte, sag mir nicht, dass du für meinen Bruder arbeitest." Ich war mir nicht sicher, ob ich diese Neuigkeit verkraften würde.

„Nein, und ich kann dir auch nicht sagen, für wen ich arbeite, also tu mir den Gefallen und frage nicht", sagte Jayden.

„Okay."

Er muss von der CIA oder einer anderen Behörde gewesen sein. Solange ich pünktlich bezahlt werde, konnte ich wegsehen.

„Was ist das für ein Job?", fragte ich. „Was soll ich für dich tun?"

„Heirate mich", sagte Jayden.

Ich hustete, geschockt von seinem Vorschlag. „Wie bitte? Das ist doch verrückt."

Das konnte nicht sein Ernst sein. Ich würde ihn weder wegen Geld noch aus einem anderen Grund heiraten.

„Entspann dich. Das ist Teil des Auftrags. Du musst Bilder von unserer Verlobung auf deinen Social Media Accounts posten", sagte Jayden. „Ich werde dir einen Ring besorgen. Wir werden es offiziell aussehen lassen. Wir müssen die Aufmerksamkeit meines Chefs erregen. Er traut mir schon jetzt nicht und ich will, dass er Interesse an dir zeigt."

Okay, vielleicht war er nicht von der CIA und sein Chef war etwas zwielichtiger. Arbeitete er für die Mafia oder einen Drogenboss?

„Du willst, dass dein Boss mich anbaggert, weil er denkt, dass ich mit dir verlobt bin? Was für ein Arschloch ist er?", fragte ich.

Das war eine schreckliche Idee.

Jayden lachte leise vor sich hin und stieß einen schweren Seufzer aus. Seine Augen sahen müde aus, mit dunklen Ringen darunter. „Mehr kann ich dir nicht sagen. Bist du dabei oder nicht?"

„Werde ich mein Leben riskieren?", fragte ich.

Ich hatte das Gefühl, dass sein Chef nicht gerade ein Spitzenmann war.

Er zögerte einen Moment, bevor er antwortete. War er am Überlegen, ob er mir ehrlich antworten sollte oder nicht?

„Ja. Ich zahle dir tausend pro Woche."

Wenn ich mein Leben riskierte, wollte ich mehr Geld. „Ich erwarte das Doppelte."

„Abgemacht", sagte Jayden ein wenig zu schnell.

Vielleicht hätte ich es verdreifachen sollen.

„Komm morgen bei mir vorbei, wenn du deinen Job im Café gekündigt hast. So gegen zehn Uhr morgens. Gib mir dein Handy, dann speichere ich meine Adresse."

Er tippte auf meinem Handy-Display herum und gab seine Kontaktdaten ein, bevor er mir mein Handy zurückgab. „Denk daran, dass du niemandem von dieser Vereinbarung erzählen darfst.

„Ich schwöre, das werde ich nicht."

Wer würde mir schon glauben?

KAPITEL ZWEI

Jayden

Ich wollte Skylar nicht mit hineinziehen. Verdammt, ich wollte auch niemanden sonst in meinen Schlamassel verwickeln, aber ich brauchte einen Mann in meinem Inneren. Oder besser gesagt, in diesem Fall, eine Frau.

Konnte ich der mutigen kleinen Schwester meines Militärbruders vertrauen? Jaxson und ich hatten kaum miteinander gesprochen.

Nun, das stimmte nicht ganz. Er hatte mir einen Job in seinem Team bei Eagle Tactical angeboten.

Ich hatte keine andere Wahl, als abzulehnen.

Jaxson wusste nichts von meiner Verbindung zu Enzo Ricci. Gelegentlich arbeitete ich auch mit Sheriff

Nelson und der Tri-County-Taskforce zusammen, aber auch sie wussten nichts von meiner Verbindung zu Don Ricci.

Skylar in den Job einzubinden, war gegen alle Regeln, aber ich brauchte ihre Hilfe.

Meine Arbeit ging weiter, als nur die Rasterfahnder zur Strecke zu bringen. Fast jeder einzelne von ihnen war tot, außer Emma. Sie saß jetzt im Gefängnis und wartete auf ihre Verurteilung, nachdem sie sich schuldig bekannt hatte.

Vielleicht hätte ich mich bei der Mafia dafür bedanken sollen, dass sie meinen Feind abgeschlachtet hat, mit dem ich zusammenleben, neben dem ich schlafen und so tun musste, als wäre ich einer von ihnen, um ihr Vertrauen und ihre Informationen zu gewinnen.

Es war nicht Don Ricci, der die Außenseiter ermordet hatte. Wie man so schön sagt: der Feind meines Feindes ...

Ein festes Klopfen ertönte an der Holztür.

„Nur eine Sekunde", rief ich und griff nach meiner Glock-Pistole. Ich wollte kein Risiko eingehen, niemals. Ich warf einen Blick durch das Guckloch und sah die 1,70 m große Schönheit auf der gegenüberliegenden Seite.

Meine Hormone tobten bei ihrem Anblick. Ihre Bluse hatte einen tiefen V-Ausschnitt, der bis zu ihrem Dekolleté reichte und nur wenig der Fantasie überließ.

Runter, Junge.

Sie war wegen eines Jobs hier, nicht um mich zu ficken.

Das war schade.

Ich schloss die Tür auf und vergewisserte mich, dass sie allein war.

Ich ließ sie in meine Wohnung und schob meine Glock-Pistole in den Hosenbund.

Die Wohnung war dunkel. Ich ließ die Jalousien geschlossen, um sicherzugehen, dass niemand hineinsehen konnte.

War ich paranoid?

Ja, aber aus einem guten Grund.

Skylar verschränkte ihre Arme vor der Brust. Ihre langen Locken fielen ihr ins Gesicht.

Je länger ich sie anstarrte, desto irritierter sah sie aus.

„Also, was ist das für ein Job?", fragte sie.

Ich ging durch den Raum zu einer Kommode, riss den oberen Griff auf und zog die Schublade kräftig heraus.

Ich kramte zwischen meinen Socken und holte ein kleines Schmuckkästchen heraus. Ich warf es Skylar zu.

Sie fummelte an dem Kästchen herum und ließ den schwarzen Samt fast fallen, bevor sie den Deckel aufklappte. „Du warst verlobt?"

„Nur etwas, das ich immer bei mir habe", antwortete ich. Das war alles, was sie als Erklärung bekam. „Wir müssen den Nachmittag zusammen verbringen und viele Fotos machen, damit es irgendwie glaubhaft aussieht, dass wir glücklich verlobt sind."

Skylar zog die Stirn in Falten. „Irgendwie glaubhaft? Glaubst du nicht, dass ich meinen Teil dazu beitragen kann und so tue, als wäre ich in dich verliebt?"

Ich zuckte nur mit den Schultern. „Ich habe deine schauspielerischen Fähigkeiten noch nicht gesehen. Außerdem musst du nicht mich überzeugen."

Sie lehnte sich gegen das Bett und ließ sich auf die Kante plumpsen. „Wirst du mir sagen, warum ich das tue? Ich hätte dich nie für den Typ gehalten, der für eine Freundin bezahlen muss, die er mit nach Hause zu seinen Eltern nimmt."

So war das hier nicht. Nicht im Geringsten, aber ich hielt meine Zunge im Zaum. „Mach dir keine Sorgen.

Das ganze Arrangement ist hundertprozentig professionell."

Skylar schürzte die Lippen und klopfte auf das Bett neben sich. „Das muss es auch nicht sein."

Wollte sie mich testen? Enzo würde ein gewisses Maß an Intimität erwarten, wenn wir zusammen gesehen werden, aber das hatte ich nicht vor.

Die Wahrheit war, dass mein Plan bestenfalls beschissen war. Ich brauchte Enzos Vertrauen, und er bot mir immer wieder Frauen an, die er versteigern und an den Meistbietenden verkaufen wollte.

Das ekelte mich an.

Er konnte es nicht lassen, und ich hatte ihn angelogen und ihm gesagt, dass ich eine Verlobte zu Hause habe. Das bedeutete, dass ich ein Mädchen brauchte, das mir den Rücken stärkte.

Emma war im Gefängnis.

Nach ihr hatte es keine andere mehr gegeben, und selbst dann war sie nur ein Mittel zum Zweck gewesen.

Ein weiterer Job. Einer, der kompliziert geworden war.

Normalerweise schlafe ich nicht mit meinen Schützlingen, aber bei Emma, sie war heiß und wild und bot sich mir an.

Ich konnte nicht nein sagen. Sie hatte mich verzaubert.

„Und?", fragte Skylar. „Was ist das für ein Auftritt? Soll ich durch die Stadt stolzieren und meinen auffälligen Verlobungsring vorzeigen?" Sie steckte sich den Diamantring an den Ringfinger, bevor sie ihr Handy zückte.

Ich brauchte sie, um an Enzo heranzukommen. Er vertraute mir immer noch nicht ganz.

„Es ist komplizierter als das. Du musst für mich Informationen über Enzo Ricci sammeln."

„Wie bitte?" Skylar stieß sich von der Matratze ab. „Ist das nicht der zwielichtige Milliardär, der gerade in die Stadt gezogen ist?" Ihre Stimme hob sich um eine Oktave, als sie sprach. „Ist er ein Drogendealer oder so etwas? Er sieht irgendwie aus, als würde er für die Mafia arbeiten."

Offenbar hatte sich das schnell herumgesprochen.

„Er ist mein Boss. Er glaubt, dass ich ihm nicht vertraue, was ich auch nicht tue. Aber das tut nichts zur Sache. Du musst so viele Informationen wie möglich von den Mädchen sammeln, die er festhält. Ich bin auf der Suche nach einem Mädchen namens Lexa Clarke.

„Informationen sammeln. Wie genau, und wer ist Lexa Clarke?" fragte Skylar.

Dies war nicht nur ein riskanter Job. Es war ein Lebensstil, dem ich mich nicht verschreiben wollte, aber ich hatte keine andere Wahl.

„Du wirst mich zu einer Party begleiten, die Enzo bei sich zu Hause veranstaltet. Er ist schon in Panik, weil die Lieferung der Mädchen, die kommen sollte, sich verzögert hat.

„Verspätet?"

Die Mädchen waren nicht wirklich verspätet. Ich hatte die Lieferung abgefangen, mir Zugang zum Ladungsverzeichnis verschafft und die Mädchen in die Obhut des Bundes übergeben. Enzo wusste nicht, dass ich es war, der ihn verraten hatte. Wenn er es gewusst hätte, wäre ich bereits tot gewesen.

Ich wollte Skylar nicht beunruhigen und ihr keine Informationen geben, die später gegen mich verwendet werden könnten. Je weniger sie wusste, desto besser.

„Es ist egal, was mit den Mädchen ist. Wichtig ist, dass du als meine Verlobte zu ihm nach Hause kommst."

„Ich verstehe nicht, wie ich Informationen über die Mädchen, die er festhält, sammeln soll. Werden sie auch auf der Party sein?" fragte Skylar.

„Das bezweifle ich. Ich bin mir sicher, dass er sie irgendwo auf dem Gelände auf seinem Grundstück festhält. Wahrscheinlich in einem Keller."

„Lass mich raten. Du willst, dass ich herumschleiche, ohne erwischt zu werden?" fragte Skylar.

„Ja. Dante wird wahrscheinlich den Zugang bewachen, also musst du vielleicht mit Enzos zweitem Befehlshaber flirten, Dante."

„Zweiter Befehlshaber? Was ist er, die Mafia?"

Ich habe nicht geantwortet. Ich hatte nicht vor, sie anzulügen. Aber ja, Enzo war der Kopf der italienischen Mafia, dem der größte Teil der Westküste gehörte und der sich immer weiter ausgebreitet hatte. Sie schmuggelten Waffen und Drogen und handelten mit Mädchen.

Skylar stieß einen schweren Seufzer aus. „Wunderbar."

„Du musst nur mit ihm flirten, wenn du erwischt wirst. Er ist ein Trottel. Leicht zu manipulieren. Mach dir keine Sorgen."

„Mit ihm flirten? Du unterschätzt den Job." Skylar war kein Idiot. Vielleicht habe ich sie unterschätzt.

„Er ist gerade mit der Ladung Mädchen, die verschwunden sind, überfordert. Dante braucht Hilfe. Wenn er so eifrig zu sein scheint, dann will er Enzo unbedingt bei Laune halten. Er wird mich verraten, um sich bei Enzo beliebt zu machen."

KAPITEL DREI

Skylar

Ich lachte über seinen lächerlichen Plan. „Bist du wahnsinnig?" Er wollte, dass ich mich in einer schwer bewachten Mafia-Festung herumschleiche und mit dem Stellvertreter des Mafia-Bosses flirte, falls ich erwischt werde?

„Ich weiß, dass du Angst hast", sagte Jayden, „aber sobald wir die Informationen aus deiner Abhörung haben, ziehen wir dich ab und legen die ganze Operation lahm."

Das klang zu einfach.

„Was passiert, wenn sie die Wanze sehen?"

Ich kannte die Antwort schon. Sie würden mich umbringen.

Er stützte seine Hände auf meine Schultern und starrte mich von oben herab an. „Keiner wird den Draht finden. Es wird nicht wie im Film an dir festgeklebt sein. Unsere Technologie ist besser als das. Ich verspreche dir, dass es dir gut gehen wird. Rein und raus, ohne Schluckauf. Du wirst nicht länger als ein paar Stunden auf der Party sein."

In ein paar Stunden kann eine Menge schiefgehen.

„Warum habe ich dann meinen Job gekündigt, wenn die Aktion nur eine Woche dauert?", fragte ich.

Er antwortete mir nicht.

Eben.

Er wusste, dass dies gefährlich war und dass es um mehr ging, als nur eine Party zu besuchen.

Wir würden die Scharade auch nach der Party aufrechterhalten müssen. Wie lange würden wir so tun, als wären wir verheiratet?

Vielleicht riskierte Jayden nicht sein Leben, aber ich würde mich direkt in die Hände von Männern begeben, die Monster waren.

Er wollte vielleicht, dass es innerhalb einer Woche vorbei ist, aber es konnte noch viel schiefgehen.

Ich verstand seinen verrückten Plan immer noch nicht. „Warum tust du so, als würdest du mich heiraten? Bist du wirklich so verzweifelt, dass du eine Begleitung für die Party brauchst?"

Ich schluckte den Kloß hinunter, der sich in meinem Hals bildete.

Jayden war ein gut aussehender Kerl und der Gedanke, so zu tun, als ob wir verheiratet sind, wäre lustig gewesen, wenn er mich zu einer Hochzeit eingeladen hätte oder wir so getan hätten, als wären wir zusammen, um eine Ex-Freundin eifersüchtig zu machen.

Dieses Szenario war gefährlich und es machte mir Angst.

„Du wirst schon wieder." Sein Gesicht zeigte keine Spur von Emotion.

Was verheimlichte Jayden vor mir?

„Was hast du davon, dass wir verlobt sind?", fragte ich und neigte meinen Kopf zur Seite. Da steckte mehr dahinter, etwas, das ich nicht wusste.

Jayden lachte leise, bevor er antwortete: „Ich habe versucht, Enzo dazu zu bringen, mir keine Frauen mehr hinterher zuschmeißen."

„Armer Jayden", spottete ich. Als er bei meiner Bemerkung nicht einmal zusammenzuckte, lehnte ich mich näher an ihn heran.

Er wollte, dass wir so tun, als wären wir verlobt. Dann mussten wir so tun, als würden wir uns mögen.

Vielleicht sollten wir auch das Küssen üben?

Ich war voll und ganz damit einverstanden, mit ihm zu knutschen. Er war attraktiv und hatte einen guten Körperbau. Es war offensichtlich, dass er regelmäßig trainierte.

Ich legte eine Hand auf seine Brust und ließ sie hinunter zu seiner Gürtelschnalle gleiten. „Wer ist Lexa Clarke? Ist sie deine Freundin?" Ich wollte wissen, wer das Mädchen war, das gerettet werden musste.

Jayden räusperte sich. „Was machst du da?"

„Sollten wir nicht alles übereinander wissen? Ich meine, was passiert, wenn ich erwischt werde, sobald wir in Enzos Haus sind und mich jemand nach einem Muttermal oder einer Tätowierung auf deinem Körper fragt?" Meine Finger öffneten seine Gürtelschnalle.

Er hatte eine Menge Tattoos auf seinen Armen. Wo hatte er noch Tattoos?

„Das wird nicht passieren", sagte Jayden mit rauer und tiefer Stimme. Er zog eine Augenbraue hoch.

„Und woher weißt du das?" Ich hatte ihn noch nicht losgelassen. „Du bringst mich in Gefahr. Das Mindeste, was du tun kannst, ist, dafür zu sorgen, dass ich gut vorbereitet bin."

Seine Lippen sanken hart und schnell auf die meinen und überraschten mich.

Mit einer Hand an seiner Gürtelschnalle wanderte meine andere Hand in sein Haar und zog ihn näher und enger an meinen Körper.

Alles in mir kribbelte vor Verlangen.

Ich hatte mich noch nie so verzweifelt gefühlt.

Ein Stöhnen entrang sich meinen Lippen, als wir uns küssten, und er zog mich fester und näher an sich.

Er war so rau, wie ich es noch nie erlebt hatte.

Ich sehnte mich nach mehr. Ich mochte es sehr.

Jayden zog sich zurück. „Scheiße", murmelte er und ging einen Schritt von mir weg, als hätte ich ihn verbrannt.

Ihm war heiß und kalt.

Was zum Teufel war mit ihm los?

„Wer ist Lexa Clarke?", fragte ich erneut, dieses Mal lauter und nachdrücklicher.

War das der Grund, warum er verhinderte, dass noch mehr zwischen uns passierte?

War er in eine andere Frau verliebt?

Ich wartete darauf, dass Jayden mir erklärte, warum er wollte, dass ich mich in den Komplex seines Chefs schlich.

Die Hitze und das Feuer, die hinter seinem Blick lagen, wurden dunkel.

„Sie ist meine Nichte."

Das Gewicht seiner Worte traf mich wie eine Tonne Ziegelsteine. Das war die letzte Antwort, die ich erwartet hatte.

„Was?" sagte ich, unsicher, ob ich ihn richtig verstanden hatte.

„Lexa ist meine Nichte. Vor etwa achtzehn Monaten erhielt ich einen Anruf, dass mein Bruder und seine Familie einen schrecklichen Autounfall hatten. Er hatte die Familie zu einem Campingausflug mitgenommen und ihr Geländewagen war über den Rand einer Klippe gestürzt. Lexa war die einzige Überlebende. Dem Polizeibericht zufolge war sie außerhalb des Fahrzeugs gewesen und hatte ihren Vater um die scharfe Kurve gelenkt, als der Reifen auf eine weiche Stelle traf und von der Kante der Straße rutschte."

„Oh mein Gott." Ich hob meine Hand an die Lippen und hielt mir kurz den Mund zu.

Jayden fuhr sich mit einer Hand durch die Haare. „Als ob das nicht schon schrecklich genug wäre, hat sie es nie nach Breckenridge geschafft. Die Polizei hielt sie für eine Ausreißerin, ebenso das Jugendamt. Ich habe aber selbst Nachforschungen angestellt und ihren Aufenthaltsort zu einem Menschenhändlerring zurückverfolgt, der in der Nähe des Ortes operierte, an dem sie verschwunden war."

Ich sackte zurück auf die Matratze. „Das ist schrecklich." Das arme Mädchen hatte ihre Familie verloren und wurde dann gegen ihren Willen festgehalten, von Männern, die ihr wahrscheinlich schreckliche Dinge antaten.

Jaydens Blick blieb grimmig. „Das ist es. Sie ist noch ein Kind, kaum fünfzehn. Ich habe sie nicht weiter als bis zu Enzo Ricci verfolgen können. Jede Spur führt direkt zu ihm. Soweit ich weiß, ist sie bereits gekauft und verkauft worden, aber ich kann nicht aufgeben.

Ich werde nicht aufgeben. Ich weigere mich, sie zurückzulassen."

Seine Augen waren glasig, die Pupillen dunkel, wie zwei Untertassen. Er atmete schwer aus, während er durch die Wohnung schritt.

Seine Wohnung war klein für jemanden, der es sich leisten konnte, mir zwei Riesen pro Woche in bar zu zahlen. Es war klar, dass er versuchte, sich unauffällig zu verhalten. Die Arbeit in der Bar war wahrscheinlich ein Nebenjob, um keinen Verdacht zu erregen.

„Was soll ich für dich tun?", fragte ich.

KAPITEL VIER

ARIELLA

„Morgen, Sommersprosse." Jaxson zog mich unter der Bettdecke fest an seinen Körper.

„Ist es schon Zeit aufzustehen?", murmelte ich mit geschlossenen Augen.

Jeden Moment würde Izzie durch die Schlafzimmertür stürmen. Wenn wir Glück hatten, kletterte sie nicht auf die Matratze und fing an, auf dem Bett herumzuspringen.

In letzter Zeit war sie der reinste Terror, und ich dachte, ich hätte diese Jahre vermisst, aber ich hatte mich geirrt.

Jaxsons warmer Atem streichelte meine Haut, während er eine sanfte Spur von Schmetterlings Küssen auf meinen Hals und mein Dekolleté küsste und seinen Kopf unter die Decke tauchte.

Ich stöhnte auf und rutschte auf dem Bett hin und her, um es mir bequem zu machen, aber ich wusste auch, dass das keine gute Idee war. „Jaxson", flüsterte ich, meine Stimme war rau und voller Verlangen.

„Psst, wir müssen leise sein", sagte er und erinnerte mich daran, dass wir unterbrochen werden könnten.

Unter der Decke begraben, bahnten sich seine Lippen einen warmen Weg über meinen Bauch und über meinen Nabel.

Er hielt sich nicht lange auf, sondern ging direkt auf sein Ziel zu. Er schob mein Höschen nach unten und küsste langsam die Innenseite meines Oberschenkels, bis er sein Ziel erreicht hatte.

Ich wurde von seinen Neckereien unruhig und biss mir auf die Unterlippe, um nicht zu stöhnen, als die Schlafzimmertür aufflog.

Oh Mist.

„Jaxson", stöhnte ich und versuchte, ihm zu sagen, dass seine Tochter gleich ins Zimmer stürmen würde.

Sein Name war das einzige Wort, das ich herausbekommen hatte.

„Ariella!" kreischte Izzie, als sie in unser Schlafzimmer rannte.

Seine Zunge hörte auf zu zaubern, und ich wimmerte aus Protest.

Konzentration.

Ich musste seiner Tochter Aufmerksamkeit schenken und Jaxson später ausschimpfen, weil er kein Schloss an der Schlafzimmertür hatte.

„Wo ist Daddy?"

Jaxson kletterte unter der Bettdecke hervor und zeigte sich seiner Tochter.

„Daddy!" Izzie kletterte ohne eine Aufforderung auf die Matratze. „Was hast du da drunter gemacht?"

Sein verschmitztes Grinsen trug nicht dazu bei, mein Herz zu beruhigen. Er machte mich atemlos. Mein Herz pochte wie wild in meiner Brust, während ich versuchte, mich zu beruhigen.

„Ich habe versucht, zu schlafen. Ariella macht alle möglichen Geräusche, wenn sie schläft", sagte Jaxson.

„Ich nicht!" Ich schlug ihm spielerisch auf den Arm. „Du bist ein Lügner."

Izzie blickte zwischen uns hin und her, ihre Augen waren schmal und scharf. Sie war das Ebenbild ihres Vaters.

„Daddy lügt nicht", sagte Izzie und stellte sich auf das Bett.

„Natürlich wird sie sich auf deine Seite schlagen", sagte ich und deutete auf Jaxson.

Jaxson packte Izzie an der Taille und warf sie mit Kitzeln auf das Bett.

„Daddy!"

Ich lachte leise vor mich hin.

Es war kein Wunder, dass sie es liebte, ins Schlafzimmer zu rennen und auf das Bett zu springen.

Sie stahl ihrem Daddy immer die Aufmerksamkeit.

„Du bist kein Affe.", erinnerte Jaxson sie. „Du springst nicht auf das Bett."

Izzie strampelte und kicherte, bevor Jaxson aufhörte. „Okay", sagte sie mit einem lauten Seufzer. Sie klang genau wie ihr Vater.

Ich schlüpfte aus dem Bett. Mein Nachthemd verdeckte die Tatsache, dass mein Höschen irgendwo unter der Bettdecke vergraben war. Ich würde sie später wiederfinden müssen.

„Hast du heute Nachmittag schon etwas vor?", fragte Jaxson und warf mir einen Blick zu, als ich ins Bad ging, um mir die Zähne zu putzen.

„Harper hat mich eingeladen, mit ihr Umstandskleidung und Babysachen einzukaufen. Ich glaube, Hazel wird auch mitkommen."

Es war Sonntag, das heißt, ich musste nicht arbeiten und freute mich auf einen Mädchentag, an dem ich mich entspannen konnte.

Das war auch bitter nötig, denn ich wusste, dass meine Schwester zu Besuch kommen würde.

Ich hatte Delphine seit Monaten nicht mehr gesehen. Sie hatte endlich einen Flug gebucht und beschlossen, bei Jaxson und mir für eine Woche zu übernachten.

Sie hatte darauf bestanden, den Mann kennenzulernen, mit dem ich zusammenlebte, und wollte sichergehen, dass er nicht so war wie Ben.

„Außerdem kommt Delphine heute Abend in die Stadt. Ich muss sie gegen Abend vom Flughafen abholen."

„Du willst also, dass ich koche?", sagte er und neckte mich.

Jaxson ließ sich auf die Bettkante plumpsen, während ich mir die Zähne putzte.

„Gestern Abend bei der Grillparty hat Hazel mir ihr Handy gezeigt.

„Ja?" Ich war mir nicht sicher, worauf er mit seiner Bemerkung hinauswollte.

Izzie saß auf seinem Schoß und fuhr mit ihren Fingern über die Tattoos, die seine Haut zierten. Sie schien sich zu langweilen, aber für den Moment unterhielt sie sich.

Ich begann mir die Zähne zu putzen und trat aus dem Bad, um Jaxson zuzuhören.

„Skylar ist verlobt."

Ich spuckte fast die Zahnpasta aus dem Mund. Ich hustete und eilte zurück zum Waschbecken, um zu spucken.

„Bist du sicher?", fragte ich. Skylar hatte noch nicht einmal einen Freund mit nach Hause gebracht, seit sie bei ihrem älteren Bruder eingezogen war.

„Sie hat es auf ihrem Social Media Account gepostet. Ich kann nicht glauben, dass sie es uns nicht gesagt hat!" Jaxson hob Izzie in seine Arme und stand auf.

Er ging auf das Badezimmer zu. Jaxsons Schritte waren schwer auf den Dielen zu hören, als er durch den Raum schritt.

Ich putzte mir noch die Zähne, bevor ich zurück ins Zimmer trat und mich an den Türrahmen lehnte."

Offensichtlich war es eine spontane Entscheidung. Vielleicht hat sie sich Sorgen gemacht, wie du reagieren würdest?", sagte ich.

Skylar und Jaxson standen sich nicht besonders nahe, zumindest so weit ich das vermuten konnte. Es schien kein böses Blut zwischen ihnen zu geben, aber sie waren auch nicht die besten Freunde. Es war, als hätten sie nichts gemeinsam, außer ihren Eltern.

„Was ist verlobt?" fragte Izzie. Sie zappelte in Jaxsons Armen, weil sie runtergesetzt werden wollte.

Er stellte ihre Füße auf den Boden, und Izzie rannte aus dem Zimmer.

Mit einem schweren Seufzer folgte er seiner Tochter, um herauszufinden, in welche Schwierigkeiten sie als Nächstes geraten würde.

Ich kannte Skylar nicht so gut. Obwohl sie bei uns wohnte, habe ich sie kaum gesehen. Die Blicke, die ich erhaschen konnte, erinnerten mich sehr an Izzie mit ihrer unbekümmerten, schnippischen Art.

Jaxson eilte die Treppe hinunter, und ich folgte ein paar Schritte hinter ihm und wartete, bis sie aus dem Schlafzimmer waren, um meinen Slip unter der Decke hervorzuholen.

Ein paar Minuten später ging ich zu den beiden in die Küche. Jaxson bereitete gerade das Frühstück vor, während ich meine Hilfe anbot.

„Was kann ich tun, um zu helfen?", fragte ich.

„Ich hab's", sagte Jaxson mit einem Achselzucken. „Im Moment tut es gut, sich zu beschäftigen."

Sein Kiefer war angespannt. Seine Augen waren schmal und voller Entschlossenheit, als er jede Zutat abmaß und in die Plastikschüssel gab. Hier ging es nicht darum, Frühstück zu machen. Ging es immer noch um Skylar?

„Ich bin sicher, dass sie es dir sagen will", sagte ich.

Jaxson schnaubte leise vor sich hin. „Das bezweifle ich. Der Post ist schon über eine Woche alt."

„Vielleicht weiß sie nicht, wie sie es dir sagen soll? Du bist ihr großer Bruder. Sie könnte eingeschüchtert sein", sagte ich, während ich begann, das saubere Geschirr von gestern in den Schrank zu räumen.

Er warf mir einen Blick zu. „Das ist es nicht. Ich kenne meine Schwester, und sie steckt bis zum Hals drin. Sie heiratet Jayden!"

„Wer ist Jayden?", fragte Izzie.

„Wie wäre es, wenn ich Izzie für einen Mädchentag mitnehme? Wir werden heute Morgen nur ein wenig einkaufen gehen. Dann hast du vielleicht Zeit, in dem Café vorbeizuschauen, in dem deine Schwester arbeitet und herauszufinden, was los ist? Sprich mit ihr."

„Ja, das werde ich tun." Jaxson stieß einen lauten Seufzer aus, während er den Teig für die Pfannkuchen anrührte. „Bist du sicher, dass du mit dem ganzen Baby-Shopping und der Planung einer Babyparty für Harper einverstanden bist? Lincoln hat mir erzählt, dass du ihr angeboten hast, eine Party zu schmeißen."

„Harper hat hier keine anderen Freunde", sagte ich und erinnerte Jaxson daran, dass sie ihr Leben in Los Angeles umgekrempelt hatte, um mit Lincoln in Breckenridge zu leben.

Jaxson und Lincoln waren Kumpel. Ich tat das genauso für Jaxson wie für Harper.

Ich räumte das letzte Geschirr in den Schrank und drehte mich um, um ihn anzusehen. „Außerdem verbringe ich gerne Zeit mit ihr."

„Was ist mit Hazel? Sie könnte die Babyparty machen. Wenn du sie fragst, hilft sie dir sicher gerne bei den Vorbereitungen."

Jaxson schaltete den Herd an.

„Worum geht es hier wirklich?", fragte ich. Ich hatte das Gefühl, dass es wenig mit der Babyparty zu tun hatte, sondern mit etwas anderem.

Er schaute Izzie abwartend an.

Ich bezweifelte, dass sie überhaupt verstand, worüber wir sprachen. „Ich komme schon klar. Du brauchst dir keine Sorgen zu machen", sagte ich.

Sobald die Pfanne heiß war, goss er den Pfannkuchenteig in die Pfanne. „Ich bin mir sicher, dass du das machst, aber ist das eine gute Idee? Du hast ein Kind verloren."

Izzies Gesicht verzog sich und sie zerrte an meinem Arm. „Wo ist es hin?"

„Wo ist was hin?", fragte ich und schaute zu Izzie hinunter.

„Hast du vergessen, wo du es hingetan hast, so wie ich mein Plüschentchen?"

Ich bückte mich und gab Izzie eine schnelle Umarmung und einen Kuss auf die Wange. Ich wollte das Gespräch mit ihr nicht weiter vertiefen. Sie war klug, aber viel zu jung, um über den Tod meines Sohnes zu sprechen.

„Wie wäre es, wenn wir dich anziehen, während Papa das Frühstück fertig macht?", fragte ich und lenkte das Gespräch vom Thema ab.

Izzie entschlüpfte meinem Griff und rannte die Hintertreppe hinauf.

„Ich mache mir Sorgen um dich", sagte Jaxson, als ich Izzie ins Treppenhaus folgte.

Das Letzte, was ich wollte, war eine Unterhaltung über meinen verstorbenen Sohn. Es war eine Erinnerung, die ich immer mit mir herumtrug, über die ich aber mit niemandem sprechen wollte. Das galt auch für Jaxson.

KAPITEL FÜNF

Skylar

Es war ein dummer Plan und ich war ein Idiot, weil ich mitgemacht habe, aber ich brauchte das Geld. Ich war auch nicht risikofreudig.

Ich stürzte mich immer wieder in schreckliche Situationen, aber meistens mit schäbigen Männern und zu vielen Drinks.

Ich trug ein kurzes, schwarzes Paillettenkleid, das Jayden in meiner Größe mit nach Hause gebracht hatte. Seit unserer vorgetäuschten Verlobung hatte ich in den letzten Tagen bei ihm übernachtet.

Das Kleid saß schön eng und schmiegte sich genau an meine Kurven.

Woher hatte er meine Größe gewusst?

Ich kam nur nicht ganz an den Reißverschluss heran.

Ich hielt das Kleid um meinen Oberkörper herum hoch. Es hatte keine Riemen.

„Mach mir den Reißverschluss hinten zu", sagte ich und wies mit einer Geste hinter mich auf das offeneKleid .

Jayden starrte mich eine Minute lang mit offenem Mund an.

Ich neigte meinen Kopf zur Seite und lächelte ihn an, während er auf das Kleid starrte, das kaum meine Vorzüge bedeckte.

„Hast du mich gehört?", fragte ich, meine Stimme war leiser. Ich spürte, wie mir die Hitze in die Wangen kroch. Ich muss wohl rot geworden sein.

„Wow, ja, halt dein Haar hoch", wies er mich an, packte eine Handvoll meiner Haare und zog sie hoch. Er zog meinen Nacken zur Seite.

Jayden lehnte sich näher heran.

Sein Atem schwebte über meinem entblößten Hals. Ein Schauer durchlief meinen Körper.

Wollte er mich küssen?

Mein Blick schweifte zu ihm hoch.

Jayden beugte sich näher und flüsterte mir ins Ohr: „Nimm deine Haare und ich mache den Reißverschluss deines Kleides zu."

Richtig, das Kleid.

Ich hatte schon vergessen, dass er sich deshalb hinter mich geschmiegt hatte. Ich war bereit, das verdammte Ding auszuziehen und es mit ihm auf der Matratze zu treiben, die nur ein paar Meter von uns entfernt lag.

Warum hatte er diese Macht über mich?

Ich hielt meine Locken hoch, als Jaydens Finger den Reißverschluss langsam nach oben zogen. Sein Atem kitzelte dabei meine Haut.

Ich schloss meine Augen und genoss das Gefühl, begehrt zu werden.

Wollte er mich? Oder war das nur gespielt?

Er ließ mich glauben, dass es echt war.

Ich war nicht diejenige, die er davon überzeugen musste, dass wir verlobt waren.

Seine Berührung verschwand und ich spürte, wie eine Leere in mir aufstieg.

Ich drehte mich auf meinen nackten Füßen herum und starrte zu ihm hoch. Jayden trug eine schwarze

Hose und ein weißes Button-Down-Hemd. Das war ein großer Unterschied zu seiner Kleidung in der Bar.

Wollte Jayden heute Abend Enzo beeindrucken oder jemand anderen auf der Party?

„Du hast dich aber herausgeputzt", sagte ich und empfand ihn als unwiderstehlich, als ich ihn von Kopf bis Fuß musterte.

„Ich?" Jayden grinste verschmitzt. „Du siehst umwerfend aus." Seine Augen musterten noch einmal meinen Körper und bewunderten meine Kurven.

Ich hätte mich overdressed gefühlt, wenn ich nicht gesehen hätte, wie gut Jayden aussah. Wenn er sich unwohl fühlte, konnte ich es nicht erkennen.

„Große Party?", fragte ich, überrascht über das schicke Kleid. Warum sonst hätte er das schicke Kleid mit nach Hause gebracht?

„Das kann man so sagen", sagte Jayden. Er schlenderte hinüber zu seiner Kommode und holte ein silbernes Herzmedaillon heraus. „Der Draht, den du tragen musst."

„Jayden." Meine Stimme blieb mir in der Kehle stecken.

Sein Blick blieb an meinem haften. „Du schaffst das. Ich habe Vertrauen in dich."

Nervös beschreibt nicht einmal ansatzweise das Gefühl der Furcht, das mich überkam. „Okay."

———

Er legte seinen Arm um meine Hüfte und stellte mich jedem auf der Party vor. „Das ist Enzo", flüsterte Jayden mir ins Ohr.

Ich setzte ein Lächeln auf, während ich mit einer Hand ein Champagner-Glas hielt und mit der anderen meine Unterarmtasche umklammerte.

Ich war noch nicht bereit, mich heimlich auf die Suche nach seiner Nichte oder anderen Mädchen zu machen, die Enzo vielleicht festgehalten hatte.

Ich nippte an dem Champagner und hoffte, dass die Bläschen meine Nerven beruhigen würden.

Enzo war ein dickerer Mensch als Jayden. Jayden bestand nur aus Muskeln. Bei Enzo vermutete ich, dass er einen Gelee-Donut zu viel gegessen hatte. Er hatte eine spitze Nase und einen dicken Kopf mit offensichtlich gefärbtem, tiefschwarzem Haar.

Enzo kam direkt auf uns zu, mit einem eiskalten, entschlossenen Gesichtsausdruck.

Als ich seinen prüfenden Blick spürte, fühlte ich mich unwohl.

Ein Teil von mir wollte fliehen, aus der Haustür rennen, bevor er sich auch nur vorgestellt hatte, aber ich konnte mich nicht bewegen. Meine Füße klebten in meinen neuen glänzenden schwarzen Stilettos auf dem Boden.

„Jayden." Enzos dicker italienischer Akzent durchdrang den Ballsaal. Seine Stimme dröhnte über die Musik, die am anderen Ende des Raumes spielte.

Ein Streichquartett erweckte aktuelle Melodien zum Leben, lebhaft und beschwingt, aber niemand tanzte. Die meisten der Anwesenden waren Männer, nicht jünger als Jayden, ein paar waren älter, mit grauen Haaren, und mit einem schwarzen Anzug bekleidet .

„Enzo." Jayden zwang sich zu einem Lächeln, als er die Hand des anderen Mannes zur Begrüßung festhielt. Seine andere Hand lag fest um meine Taille. „Ich möchte dir Skylar meine bessere Hälfte vorstellen."

Enzo hob meine Hand an seine Lippen und drückte mir einen Kuss auf den Handrücken. „Es ist schön, deine Bekanntschaft zu machen."

„Die Freude ist ganz meinerseits", sagte ich und zwang mich zu einem Lächeln.

„Ich hoffe, ihr beide genießt die Festlichkeiten heute Abend. Ich habe heute Abend eine besondere Überraschung für deine Verlobte", sagte Enzo.

Er holte ein rotes Band hervor und band es in mein Haar, um die Locken und das Gummiband, das mein Haar bereits teilweise hochgesteckt hatte.

Wie seltsam.

Er hatte etwas an sich, das ich nicht deuten konnte.

Sein Gesichtsausdruck versetzte mir Schmetterlinge in den Bauch.

Ich weigerte mich, meinen Blick schweifen zu lassen, als Enzo mich anstarrte, nachdem er das Band befestigt hatte. „Das ist sehr freundlich von dir, danke", sagte ich.

Enzo zwang sich zu einem Lächeln, bevor er einen Schritt zurücktrat und in die Hände klatschte. „Gentleman", verkündete er.

Die Musik kam zum Stillstand, während er sprach. „Es ist mir eine Ehre, Ihnen heute Abend einen kleinen Vorgeschmack auf unser Angebot zu geben."

Das Licht wurde gedimmt. Eine Tür am Ende des Flurs öffnete sich, und mit Dessous gekleidete Damen traten heraus.

Ein Dutzend spärlich bekleidete Damen mit glasigen Augen standen im Raum. Das Scheinwerferlicht fiel auf sie, als sie sich zusammenkauerten und sich sichtlich unwohl fühlten.

„Denkt daran: Wenn ihr die Ware probieren wollt, kostet euch das was", sagte Enzo mit einem herzhaften Lachen. „Keine Frau heute Abend ist vom Markt. Wenn du etwas siehst, das dir gefällt, gehört sie dir, du kannst sie zähmen und mit ihr machen, was du willst."

Als ich mich im Raum umsah, stellte ich fest, dass außer den Frauen, die von Enzo Ricci gehandelt wurden, und mir keine anderen Frauen auf der Party waren.

KAPITEL SECHS

Jayden

Skylar umklammerte meinen Arm. Ihre Fingernägel gruben sich in mein Fleisch.

Ich versuchte, bei dem plötzlichen Schmerz nicht zusammenzuzucken. Ich legte meine Hand auf ihre und sah sie aus den Augenwinkeln an.

Der Plan war zwar gewesen, sie dazu zu bringen, sich durch das Gelände zu schleichen und Informationen zu sammeln, aber ich hatte nicht damit gerechnet, dass Enzo die Frau so unverhohlen zur Schau stellen würde, als wäre es eine Auktion.

Enzo stand nur ein paar Meter entfernt.

Ein böses Grinsen überzog seine Züge. Er schnippte mit den Fingern. Die Musik setzte wieder ein, und die Lichter erhellten den Ballsaal.

„Ich habe das Sagen, mein Schatz. Das hatte ich schon immer. Das werde ich auch immer haben, besonders, solange dein Verlobter für mich arbeitet", sagte Enzo und trat näher an Skylar heran.

Seine Augen strichen über ihren Körper. Er starrte auf ihr Dekolleté und dann hinunter auf den kurzen Rock des Kleides, das sie trug. „Steht ihr gut, findest du nicht auch? Ich verstehe etwas von Mode."

„Er hat das für mich ausgesucht?" Skylars Augen weiteten sich, und ihr Mund fiel auf das Kinn .

Die Farbe wich aus ihrem Gesicht.

„Ja, Liebes", sagte Enzo. „Ich wollte dich zur Hauptattraktion des Abends machen."

Enzo packte Skylar am Arm und führte sie quer durch den Raum zu den anderen Frauen, die sich vor Angst zitternd zusammenkauerten.

Das war nicht das, was wir geplant hatten.

Wo hatte Enzo für die Veranstaltung heute Abend ein Dutzend Frauen gefunden?

Die Frauen, die verschleppt worden waren und für diesen Abend vorgesehen waren, sind abgefangen worden. Ich hatte sie direkt an die Bundespolizei ausgeliefert.

Skylar warf mir einen Blick über die Schulter zu und flehte mich im Stillen an, sie zu retten.

KAPITEL SIEBEN

Skylar

„Bist du nicht eine Schönheit?" Ein dunkelhaariger Herr mit einem kantigen Kiefer und den grauesten Augen, die ich je gesehen habe, sah mich an, als würde ich nackt dastehen und gaffen. „Ich übernehme sie", sagte er und deutete mit zwei Fingern auf Enzo.

„Wie bitte?" Ich spöttelte.

Ich war nicht als eines seiner Mädchen hier, um vorgeführt zu werden oder noch schlimmer, um eine Art von Unterhaltung zu sein.

Jayden wollte zwar, dass ich mich als seine Verlobte zurückhalte, aber das hier ging über das hinaus, was selbst mir zuzumuten war.

Enzo packte meinen Kiefer und zog mein Gesicht in seinen dunklen Blick. „Sie ist feurig und lebendig. Eine Frau wie sie würde dich normalerweise das Doppelte kosten."

„Lass mich los!" Ich stieß mich von ihm ab, doch dann spürte ich starke, kräftige Arme an meinen Schultern, die mich festhielten.

Bitte, lass es Jayden sein.

Ich warf einen Blick über meine Schulter.

Es war nicht Jayden. Er wurde von zwei Wachen festgehalten und ein dritter verfolgte ihn, um ihn zum Schweigen zu bringen oder auszuschalten. Ich war mir nicht sicher, was sie mit ihm vorhatten.

Die Musik ging in einem rasenden Tempo weiter. Die Geigen gaben schnelle und scharfe Töne von sich, die dem Tempo meines rasenden Herzens entsprachen.

Was auch immer Jayden rief, man konnte es in der Ferne nicht hören.

„Sie ist stur, aber ich bin sicher, dass du sie unbedingt zähmen und brechen willst, Angelo", sagte Enzo und sprach über mich, als wäre ich ein Pferd und kein Mensch.

Damit ich nicht fliehen konnte, hielt der Riese hinter mir mich fest. Mit seinen dicken Händen und seinem festen Griff war er monströs und überragte mich um einen Meter. In einem anderen Leben hätte er ein Basketballspieler sein können.

Wie war er dazu gekommen, für Don Ricci zu arbeiten?

Verdammt, wie konnte ich wegen ein paar lausiger Dollar in diesen Schlamassel hineingezogen werden?

Mein Leben war mehr wert als mickrige zwei Riesen.

„Du kannst mich nicht haben", sagte ich und wehrte mich gegen den Griff des Mannes, der seine Finger in meine Schultern grub. Er hätte mich leicht hochheben und aus dem Raum tragen können. Vielleicht würde er das auch tun, wenn ich mich nicht bald beruhigen würde.

Die anderen Mädchen sahen zu, wie ich mich wand. Keine von ihnen bot mir Hilfe an. Sie versuchten nicht wegzurennen.

War ihnen klar, dass sie nicht entkommen konnten und es keinen Sinn hatte?

Ich war nicht bereit, so einfach aufzugeben, aber es schien, als würde Jayden mir nichts nützen.

Toll.

„Sie ist das Starlet des Abends, unser wichtigster Showcase", erinnerte Enzo. „Du kannst sie unter einer Bedingung haben."

Angelo sabberte förmlich bei dieser Einladung.

„Und was soll das sein?", fragte Angelo. Er trat näher und ich unterdrückte einen Schauer, als sein schwerer, nach Alkohol riechender Duft in meiner Nase brannte.

Galle stieg in meiner Kehle auf. Ich hielt meine Hände an den Seiten zu Fäusten geballt, meine Fingernägel gruben sich in meine Handflächen und hinterließen einen Schmerz den ich spürte, eine Einkerbung. Ich tat es, um nicht zu weinen.

Keiner dieser Männer hatte es verdient, die Angst und die Furcht zu sehen, die mich durchströmten.

Nein, ich würde vor keinem der Bastarde kuschen, die mich für nichts weiter als ein Stück Ware hielten.

„Ich will nicht, dass du oder deine Männer auch nur in die Nähe meines Reviers kommen. Unser Geschäft ist erledigt."

Angelo verschränkte die Arme vor der Brust. „Wer hat etwas davon gesagt, dein Land zu betreten? Du hast uns heute Abend hierher eingeladen, vergiss das nicht, Enzo."

„Sir." Ein Herr, den ich nicht erkannte, kam auf Enzo zu und klopfte ihm auf die Schulter.

Enzo warf einen Blick auf den anderen Mann, der ein paar Zentimeter kleiner war, aber sie hatten die gleichen Augen, die gleiche Nase und die gleiche Kieferpartie und hätten leicht Brüder sein können. „Ja, Dante?"

Dante. Ich erkannte diesen Namen.

Jayden hatte mir erzählt, dass Dante Enzos Stellvertreter war.

Ich versuchte, nicht zu viel Interesse an dem zu heucheln, was die beiden Männer besprachen.

Sie senkten ihre Stimmen und durch das Crescendo der Live-Band war es schwer zu hören.

Enzo nickte mir kurz zu, bevor Dante durch die Menschenmenge eilte.

Ich konnte nicht genau sehen, wohin er ging.

Hatte Jayden es geschafft, die Wachen abzuwehren? Hatte er Verstärkung mitgebracht?

Enzo räusperte sich. „Entschuldigen Sie die Unterbrechung. Wie ich bereits sagte, expandiert unser Geschäft, wie du sicher weißt, und wir sehen es nicht gerne, wenn andere Familien uns betrügen. Ich weiß aus zuverlässiger Quelle, dass euer Capo Sergio eine unserer Lieferungen gestohlen hat."

Ich versuchte, so zu tun, als wüsste ich nicht, worüber die beiden Männer sprachen.

Aber eine gestohlene Lieferung?

Ich konnte nur vermuten, dass Enzo sich auf die Frauen bezog, die gehandelt worden waren.

Wenn das der Fall war, warum wurde Jayden dann von den Wachen abgeführt und ich stand mit Enzo und Angelo in der ersten Reihe?

Was zum Teufel war hier los?

Angelo zog eine Augenbraue hoch. „Beschuldigst du meine Männer, die Familie Ricci zu bestehlen? Das ist eine ziemliche Anschuldigung, Enzo."

„Aber der Vorwurf ist nicht unbegründet. Ich habe versucht, dich als Freund willkommen zu heißen und dich einzuladen, mit meiner Familie Geschäfte zu machen, aber du kommst in meine Stadt und fängst an, mein Revier zu stürmen. Breckenridge ist nicht groß genug für unsere beiden Familien", drohte Enzo.

„Einen Scheißdreck ist es." Angelo schnaubte und schüttelte den Kopf.

Enzos Augen verengten sich, aber er sagte nichts. Noch nicht.

„Ich mag keine Drohungen. Es spielt keine Rolle, ob du Don Ricci oder ein verdammter Capo bist." Angelo zerrte an meinem Arm und zog mich aus dem Griff von Enzos Sicherheitsriesen.

Ich versuchte, mich aus seinen Fängen zu befreien, aber er ließ mich nicht los. Vielleicht konnte ich ohne die umstehenden Wachen entkommen, sobald er mich nach draußen führte.

War das eine reale Möglichkeit oder Wunschdenken?

Ich konnte es mit einem Mann aufnehmen.

Wenn ich gegen eine Armee kämpfen müsste, wäre ich am Ende.

Angelos Oberlippe kräuselte sich vor Abscheu. „Du drohst mir. Ich nehme sie als Versprechen an dich mit, Don Ricci. Wir sind noch nicht fertig, nicht einmal annähernd."

„Halt dich aus Breckenridge raus", schnauzte Enzo. „Und behalte die Schlampe."

Angelo zerrte mich nach draußen.

Ein halbes Dutzend Männer folgte uns.

Gehörten sie zu Angelo oder waren sie Wächter für Enzo und eskortierten uns vom Grundstück? Ich konnte die Männer nicht auseinanderhalten, aber keiner von ihnen war da, um mich zu retten.

Angelo führte mich zu seinem schwarzen Geländewagen, der draußen vor dem Eingang von Enzos Villa wartete.

„Lass mich los!" Ich stieß mich von ihm ab, trat und krallte mich mit meinen Fingernägeln an ihm fest— alles, um meine Flucht zu erleichtern.

„Genug!" Angelos Stimme brüllte, als er mir eine Ohrfeige verpasste und sich sein Finger an meiner Kette verfing. Er riss die Kette ab und ließ sie auf den Boden fallen.

Meine Wange brannte und ich schmeckte das metallische Prickeln von Blut auf meinen Lippen.

„Steig ein!", befahl Angelo.

Eine der Wachen, die uns nach draußen eskortiert hatten, öffnete die Hintertür des Geländewagens.

Ich rührte mich nicht. Ich wollte mich nicht noch mehr in Gefahr bringen. „Nein", sagte ich.

Ich hatte nicht vor, mich vor irgendjemandem zu verbeugen, egal ob Mafiaboss oder nicht.

Das war meine Chance, meine einzige Möglichkeit, zu entkommen.

Angelo war auf den Vordersitz des Fahrzeugs geklettert und dachte wohl, ich würde seine Befehle befolgen.

Ich war nicht wie diese anderen Mädchen.

Hatte ich Angst?

Ja, aber ich würde kämpfen, bevor ich seinen Forderungen nachgeben würde.

Ich schlüpfte an dem etwa 1,80 m großen Wachmann vorbei und rannte so schnell ich konnte. Ich sprintete in Stöckelschuhen über die Einfahrt und durch das Gras - keine leichte Aufgabe.

Ich steuerte auf die Baumgrenze zu, die zum Wald führte.

Wie weit würde ich kommen, bevor sie mich erwischen würden?

Würden sie aufhören, wenn ich es nach Hause schaffe, oder würden sie mich weiter jagen?

Peng!

KAPITEL ACHT

Jayden

Mist! Das lief nicht wie geplant.

Enzo war mir auf der Spur, aber ich war mir nicht sicher, wie lange schon.

Wusste er, dass Skylar nicht meine Verlobte war? Er hatte keine Andeutung darüber gemacht, das er wusste, dass wir nicht wirklich zusammen waren.

Warum hatte er mich von der Gruppe weggezerrt?

Er hatte mich nicht hingerichtet. Wenn er geglaubt hätte, dass ich ihn verraten hätte, dann wäre ich kaltblütig ermordet worden. Enzo war kein Mann, der vergibt.

Irgendetwas hatte ihn aufgehalten, aber ich war mir nicht sicher, was.

Skylar war immer noch drinnen, eingesperrt zwischen Mafiosi und Perversen.

Was würde mit ihr geschehen?

Zwei stämmige Wachen zerrten mich schreiend und tretend aus Don Riccis Haus. Keiner der beiden hatte mir gesagt, was hier eigentlich los war.

Sie hatten mich nach draußen geworfen und gewartet, bis ich in mein Auto gestiegen und vom Grundstück gefahren war, bevor sie wieder ins Haus gingen.

Ich konnte Skylar nicht mit diesen Männern allein lassen.

Ich hatte sie in diesen Schlamassel hineingezogen. Es war alles meine Schuld.

Ich fuhr von Enzos Haus weg, nur aus Zwang, aber ich ging nicht weg.

An der Abzweigung bog ich von der Straße ab und achtete darauf, dass ich einen guten Aussichtspunkt hatte, aber dass seine Männer mich nicht entdecken konnten.

Außerhalb des Grundstücks befanden sich Sicherheitskameras. Ich konnte mich nicht ungesehen anschleichen, obwohl der Großteil seines Sicherheitsteams mit der Party beschäftigt war, gab es immer noch eine Reihe von Wächtern, die Wache hielten.

Das bedeutete, dass ich einen anderen Plan brauchte, einen, der weniger auffällig war.

Ich könnte mich vor dem Haus des Chefs verstecken und darauf warten, dass Angelo DeLuca geht. Angenommen, Skylar wurde gezwungen, mit ihm zu gehen, konnte ich sein Fahrzeug verfolgen, sobald er weg war.

Aber was, wenn sie durch das Gelände geschleppt und durch einen anderen Ausgang geführt wurde, den ich nicht kannte?

Oder was wäre, wenn sie zusammen mit anderen Fahrzeugen weggefahren wären, egal ob sie zu DeLucas Team oder einem anderen Gast der Party gehörten, und ich nicht feststellen konnte, in welchem Fahrzeug sie gefangen war?

Ein Dutzend verschiedene Szenarien spielten sich in meinem Kopf ab. Keines von ihnen endete gut für Skylar.

Und ich hatte bei der Suche nach meiner Nichte versagt.

Welche Chance hatte ich, Skylar zu retten?

Ich öffnete die obersten paar Knöpfe meines Hemdes. Ich war am ersticken.

Mein Handy surrte in meiner Tasche. Ich zog es heraus und schaute auf die SMS von Dante.

Ich weiß, dass du nicht gegangen bist. Triff mich am Aussichtspunkt. In zehn Minuten.

War das ein abgekartetes Spiel?

Hätte Enzo meinen Tod gewollt, dann hätte Dante den Schuss im Haus abgegeben.

Warum treffen wir uns am Aussichtspunkt?

Ich kannte den Ort. Dort haben wir die Ladung Mädchen abgeholt. Diejenigen, die es beim letzten Mal nicht geschafft hatten, was seltsam war, wenn man bedenkt, wie viele Frauen gezwungen waren, an der heutigen Veranstaltung teilzunehmen.

Wo zum Teufel waren sie hergekommen?

Ich warf noch einmal einen Blick auf das Telefon und überlegte, was ich tun sollte. Wenn ich ging, bestand die Möglichkeit, dass ich Skylar verpasste, aber wenn ich blieb, wer wusste schon, ob ich sie überhaupt sehen würde?

Mit einem unsicheren Atemzug schickte ich eine SMS zurück, dass ich da sein würde, und steckte mein Handy in meine Tasche.

Ich kletterte in mein Auto und machte mich auf den Weg zum Aussichtspunkt. Ich würde keine zehn Minuten brauchen, um dorthin zu kommen, wo Dante mich treffen wollte.

KAPITEL NEUN

Skylar

Ich war verzweifelt und wollte fliehen.

Meine blöden Absätze halfen mir nicht durch das Gras. Ich weigerte mich, einen Blick hinter mich zu werfen, weil ich Angst hatte, dass mich das aufhalten könnte.

Peng!

Ein Schuss ertönte und zischte an meinem Kopf vorbei.

„Das war ein Warnschuss", brüllte Angelo. „Ich schieße nie daneben."

Hat er geblufft? Er war verdammt nah dran, mich zu treffen.

Ich wurde kurzzeitig langsamer und stolperte über meine blöden Absätze.

Das war alles, was seine Männer brauchten, um mich zu Boden zu zwingen und zu filzen.

Ihre Hände wanderten ein wenig zu lange und nah an meine Haut, unter meinen Rock.

„Lasst mich los!"

Es brauchte zwei Wachen, eine auf jeder Seite, um mich zu dem schwarzen Geländewagen zu ziehen.

„Nein!", schrie ich und schlug um mich, um mich zu befreien.

„Willst du, dass ich dich erschieße?", fragte Angelo, als er neben dem Auto stand. Noch vor wenigen Augenblicken hatte er auf dem Beifahrersitz gesessen.

War er ausgestiegen, um mich zu erschießen? War er ein besserer Schütze als seine Männer, oder traute er ihnen nicht zu, den Job zu erledigen?

Ich schlich mich auf den Rücksitz.

Angelo hielt mir die Tür auf. Ich hatte keine große Wahl.

Die beiden Sicherheitsleute weigerten sich, ihren Griff um mich zu lockern, bis ich im Fahrzeug saß.

Angelo knallte die Tür hinter mir zu. Er kletterte auf den Vordersitz und schaute zu mir zurück. „Mach keine Dummheiten."

Er ließ seine Waffe in meine Richtung blitzen, die Hand am Abzug.

„Es juckt mich geradezu, sie wieder zu ziehen."

Mein Mund fühlte sich trocken an. Ich schürzte meine Lippen, sagte aber nichts.

Was könnte ich sagen, damit er mich in Ruhe lässt?

KAPITEL ZEHN

Jayden

Wider besseres Wissen stimmte ich zu, Dante zu treffen.

Als ich am Aussichtspunkt ankam, erkannte ich sein Fahrzeug.

Ich griff nach meiner Ersatzwaffe unter dem Fahrersitz und steckte sie in meine Hose unter der Jacke.

Sein Fahrer saß im Auto, während Dante ausstieg. Sein Blick schweifte über meinen Körper.

„Hast du eine Waffe?"

Ich kam nicht unbewaffnet, das stand fest.

„Hast du eine?", konterte ich und drehte die Frage um. Zweifellos hatte er eine Waffe dabei, wahrscheinlich sogar mehr als eine, wenn ich es nicht besser wüsste.

„Ich bin nicht gekommen, um dich zu erschießen", sagte Dante. Er hob seine Hände zur Kapitulation, als er näher an mich herantrat.

Enzos Männer hatten mich bereits aus dem Haus geworfen. Ich wollte nicht auch noch in den Arsch getreten werden. „Das ist nah genug." Ich traute weder ihm noch irgendjemandem, der für Enzo Ricci arbeitete.

„Dein Mädchen, Skylar, wird als Schachfigur für Enzo benutzt. Er traut Angelo DeLuca nicht, und ich auch nicht", sagte Dante.

Warum hat er mir das erzählt?

Die Sonne brannte auf das weite Land herab. Vom Aussichtspunkt aus war nicht viel zu sehen, außer kilometerlanger Wald unter uns.

Der Schweiß rann mir von der drückenden Hitze des Sommers von der Stirn.

„Du musst mir helfen, sie da herauszuholen. DeLuca wird sie umbringen."

Dantes Stirn zog sich zusammen. „Sie kann von Glück reden, wenn das alles ist, was der Bastard ihr angetan hat. Enzo glaubt, dass Angelo die Mädchen stiehlt und sich an unserer Operation bereichert."

„Scheiße." Das war neu für mich.

Ich war dafür verantwortlich, dass die Abholung ohne Probleme ablief.

Gino, Angelos Stellvertreter, und Capo Sergio waren meine Hauptansprechpartner für DeLuca gewesen. Beide Männer, mit denen ich das Privileg hatte, zu verhandeln, waren Drecksäcke, aber ich hatte nicht einmal in Betracht gezogen, dass sie uns nicht alles geliefert hatten.

„Hast du Beweise dafür, dass DeLuca einen Teil von Enzos Lieferung für sich behält?"

„Wenn der Boss Beweise hätte, dann würde er einen Krieg mit DeLuca anzetteln. Er hat dein Mädchen undercover eingeschleust", sagte Dante.

Hatte Skylar eine Ahnung, was sie da tat?

„Auf keinen Fall." Ich konnte es nicht glauben. „Du hast sie geschickt, um getötet zu werden!"

Welches Spiel spielte Dante? Ich traute ihm nicht im Geringsten.

Ich hätte geschworen, dass sie mir auf der Spur waren, nachdem sie Skylar praktisch an Angelo übergeben hatten.

Hatte ich mich geirrt?

War das eine Show um Angelos willen gewesen?

„DeLuca muss glauben, dass wir denken, dass du uns verraten hast. Nur so können wir herausfinden, wer die wahre Ratte ist, die Don Riccis Eigentum gestohlen hat." Dante trat einen Schritt näher an mich heran.

„Ist sie in die Abmachung eingeweiht?", fragte ich. „Weiß sie, dass sie als Maulwurf für Don Ricci arbeitet?"

Dante lachte leise und zuckte leicht mit den Schultern. „Das bezweifle ich. Wenn sie es wüsste, hätte sie es dir gesagt, und du hättest es unweigerlich verhindert."

Er hatte nicht unrecht. Auf keinen Fall hätte ich mich freiwillig auf den Plan eingelassen. Das wäre Selbstmord gewesen.

Ich packte Dantes Anzug und zog ihn näher an mich heran. „Wenn Angelo vermutet, dass Skylar ein Maulwurf ist, wird er sie umbringen. Wenn das passiert, werde ich hinter dir und Enzo her sein."

Dante ignorierte meine Drohung. „Frauen kann man ersetzen. Don Ricci war mit deiner Arbeit zufrieden; enttäusche ihn nicht wegen eines Mädchens."

Ich holte mit der Faust aus und versetzte Dante einen scharfen Schlag gegen die Wange.

„Skylar ist unersetzbar. Du wirst mir helfen, sie zu befreien."

KAPITEL ELF

JAXSON

Ich stürmte in die Bar, die Hände zu Fäusten geballt. Meine Füße stampften auf den Boden. Ich wartete nicht auf eine Einladung, sondern rannte hinter die Bar und stellte mich vor Jayden.

Ich packte ihn am Revers seines Hemdes und gab ihm die Gelegenheit, sich zu erklären, bevor ich ihm in den Hintern trat.

„Wann wolltest du mir sagen, dass du meine Schwester gevögelt hast?"

So hatte ich das nicht gemeint, so grob und herablassend, aber ich war stinksauer.

Sie waren verlobt, und er hatte nicht einmal den Anstand, sich mit meiner Schwester zu zeigen.

Hätte ich es nicht auf Skylars blödem Social-Media-Account gesehen, hätte ich nicht einmal gewusst, dass sie verlobt war.

Hatte sie nicht vor, es mir zu sagen?

Verdammt!

War sie schwanger?

„Hast du meine Schwester geschwängert?" Dann würde er wenigstens das Ehrenhafte tun und sie heiraten.

„Whoa!" Jayden schubste mich nach hinten und schlug meine Hände von seinem Hemd und seiner Brust weg. „Ich habe nicht mit deiner Schwester geschlafen. Beruhige dich und sprich nicht so laut."

Seine Augen zuckten.

Jeder andere hätte es nicht gesehen, aber ich war mit Jayden im Kampf gewesen.

Ich kannte diesen Blick.

Worauf zum Teufel hatte er sich da eingelassen? „Was hast du getan?", fragte ich. Ich fuhr mir mit einer Hand durch die Haare.

„Mach dir keine Gedanken darüber", sagte Jayden. Er drehte mir den Rücken zu.

Wo zum Teufel war Skylar?

Ich hatte sie schon seit Tagen nicht mehr gesehen.

Normalerweise schlich sie sich erst weit nach Mitternacht ins Haus. Ich war nicht begeistert von ihrem Verhalten, aber ich war nicht für sie verantwortlich. Skylar war erwachsen. Obwohl ich manchmal dachte, dass sie noch ein wenig erwachsener werden könnte.

Ich konnte die Tatsache, dass sie verlobt waren, nicht einfach ignorieren. „Du heiratest meine Schwester. Wenn du sie nicht geschwängert hast, dann hast du eine Menge zu erklären."

Ich hatte nicht einmal gewusst, dass sie zusammen waren. Skylar war erst seit kurzer Zeit in Breckenridge.

Wie lange kannte sie Jayden schon? Tage? Wochen? Ich bezweifelte, dass es Monate gewesen sein konnten.

„Ich komme in einer Stunde in deinem Büro vorbei. Wir sollten nicht zur gleichen Zeit gehen", sagte Jayden.

Er war noch nie besonders ängstlich gewesen. „Du glaubst, dass dich jemand beobachtet?"

„Ich weiß es."

———

Ich fuhr zum Büro und wartete, dass Jayden auftauchte. Es war ein Sonntag, also hatten die Jungs frei und ich hatte den Laden für mich allein.

Ich war mir nicht sicher, ob Jayden wie versprochen vorbeikommen würde, aber das Geräusch einer zuschlagenden Tür riss mich in die Gegenwart zurück.

Jayden klopfte nicht einmal, sondern stürmte durch die Vordertür herein. „Wir haben nicht viel Zeit, bis sie merken, dass ich mein Handy und den GPS-Tracker an meinem Auto ausgeschaltet habe."

„Wer verfolgt dich?"

„Das ist nicht wichtig", sagte Jayden. „Skylar ist in Schwierigkeiten."

In meiner Magengrube bildete sich ein Knoten. Das war nicht das, was ich erwartet hatte zu hören.

Ich dachte, wir wären ins Büro gekommen, um die Tatsache zu besprechen, dass er mit meiner Schwester zusammen ist und sie heiraten will.

„Was meinst du damit, dass sie in Schwierigkeiten steckt?" Er musste das genauer erklären. Es waren nur wir beide im Büro. Niemand konnte uns belauschen,

so wie es in der Bar der Fall war. „Erkläre es, sofort!"
schnauzte ich. Er stellte meine Geduld auf die Probe.

„Sie ist mit Angelo DeLuca zusammen."

„Wer zum Teufel ist das?", fragte ich. „Und warum zum
Teufel ist sie mit ihm zusammen?" Ich riss mein
Handy aus der Tasche.

Sollte ich den Namen des Typen kennen, weil ich ihn
nicht kannte?

„Du kannst sie nicht anrufen. Sie hat ihr Handy nicht
bei sich. Sie hat es bei mir zu Hause gelassen."

Jayden atmete schwer aus, fuhr sich mit der Hand
durch die Haare und kam zu meinem Schreibtisch.

Er sah verdammt nervös aus, als er mir ihr Handy
reichte.

„Scheiße." Ohne ihr blödes Handy wäre sie nirgendwo
hingegangen. Sie hing an dem Ding, als wäre es ein
weiteres Glied. „Was soll das heißen, sie ist mit Angelo
DeLuca zusammen? Wer zur Hölle ist er?"

„DeLuca ist ein rivalisierender Mafia-Boss von Don
Ricci. Sie haben zusammen Geschäfte gemacht, aber
Enzo glaubt, dass DeLuca ihn bestiehlt."

„Was hat das alles mit meiner kleinen Schwester zu tun?" Skylar arbeitete in einem Café. Sie hatte nichts mit der Mafia zu tun.

„Don Ricci hat Skylar als Maulwurf geschickt, um herauszufinden, was passiert ist."

„Was? Bist du verrückt? Du machst hoffentlich Witze." Ich trat näher und verringerte den Abstand zwischen uns.

Ich war bereit, Jayden die Scheiße aus dem Leib zu prügeln.

In welche Schwierigkeiten hatte er sie nur verwickelt?

Jayden war vielleicht nicht der sauberste Kerl, aber es schien nicht richtig zu sein, dass er meine kleine Schwester direkt in die Hände des Feindes führte.

KAPITEL ZWÖLF

Jayden

Ich wollte Jaxson nicht einbeziehen. Er war die größte Nervensäge, die ich je kannte. In Wahrheit hatte ich ihm nie verziehen, dass er mir im Blue-Sky Resort in den Arsch getreten hatte, als ich mit den Außenseitern Geiseln genommen hatte.

Ich war nicht mit dem Plan einverstanden gewesen, aber die Außenseiter hatten geplant, mit oder ohne mich zu gehen. Wenigstens konnte ich dafür sorgen, dass niemand getötet wurde. Außerdem musste ich Emma aus dem Ärger heraushalten. Das hatte wenig gebracht.

„Wo zum Teufel ist meine Schwester?"

„Ich weiß es nicht", sagte ich und warf meine Arme in die Luft. „Das versuche ich dir ja gerade zu sagen. Angelo DeLuca hat sie."

„Erzähl mir alles. Fang ganz von vorn an", verlangte Jaxson.

Ich erzählte schnell von meinem Plan und wie Enzo auf der Party mir einen Schritt voraus war und Skylar zur Hauptattraktion machte. „Ich kann nur vermuten, dass der Typ, den ich angeheuert habe, heimlich mit Don DeLuca zusammengearbeitet hat. Warum sonst sollten die Details der Lieferung immer genau übereinstimmen?"

„Wer ist dein Mitarbeiter? Wie heißt er?" Jaxson rieb sich die Stirn. Er sah verdammt wütend aus.

Nicht, dass ich es ihm verübelt hätte. Ich hatte es total vermasselt.

„Benjamin irgendwas. Ich habe seinen Nachnamen nicht verstanden." Er hatte ihn nicht genannt, und ich hatte nicht danach gefragt.

Die Farbe wisch aus Jaxsons Gesicht. „Hast du seine Kontaktdaten oder weißt du, wie wir ihn erreichen können?"

Er ging nicht an sein Telefon. „Er antwortet weder auf Anrufe noch auf SMS. Nicht, dass ich erwartet hätte, dass er mir antwortet. Ich war auf der Flucht, und es war ein Wunder, dass sie mich nicht tot in einem Graben liegen ließen.

„Wie lange ist Skylar schon verschwunden?", fragte Jaxson.

„Zweiundsiebzig Stunden."

KAPITEL DREIZEHN

ARIELLA

Harper watschelte durch das Einkaufszentrum. Eine Hand ruhte auf ihrem hochschwangeren Bauch, während sie versuchte, mit uns Schritt zu halten. „Ich muss mal wieder pinkeln", sagte sie.

Harper ging auf die Toilette zu.

Hazel, Izzie und ich setzten uns in der Nähe auf eine Bank.

„Glaubst du, wir haben schon von allem etwas gekauft?", fragte ich Hazel und hielt ihr die sechs Tüten mit Umstands- und Babykleidung für Harper hin.

Hazel ließ die Tüten, die sie in der Hand hielt, zu ihren Füßen auf den Boden plumpsen. „Nein, ich glaube, sie kann noch eine Ladung Strampler und Krabbeldecken kaufen. Meinst du, Lincoln wird einen Anfall bekommen, wenn er die Rechnung sieht?"

Ich bezweifelte es. Harper hatte eine lukrative Filmkarriere, bevor sie diese für Lincoln und die Mutterschaft aufgab. „Er wird vielleicht ausflippen, wenn er sieht, wie viel Zeug ein Baby braucht, aber es ist ja nicht so, dass das alles einfach so passiert. Ich meine, sie haben letzten Monat ein Kinderbett gekauft und die Jungs haben beim Zusammenbau geholfen", sagte ich.

Abgesehen davon war es immer noch eine Überraschung. Harper hatte nicht damit gerechnet, schwanger zu werden, obwohl sie und Lincoln sich darauf freuten, in ein paar Wochen ein Baby willkommen zu heißen, war es nicht geplant gewesen.

„Darf ich mit der Rakete fahren?" Izzie zeigte auf den Automaten, der in der Ecke des Einkaufszentrums stand.

Ich kramte in meiner Tasche, um zu sehen, ob ich ein paar Münzen für den Automaten hatte. „Klar. Kannst du auf die Taschen aufpassen?" Ich erwartete nicht, dass Hazel sie im Stich lassen und verschwinden würde, aber ich dachte, dass ich trotzdem höflich fragen sollte.

„Ja, geh nur. Viel Spaß!" Sie winkte uns und Izzie rannte in Richtung der Rakete los.

Ich eilte hinter Izzie her. Sie war bereits auf den Sitz geklettert und wartete darauf, dass ich das Gerät fütterte.

Ich warf einige Münzen hinein und sah zu, wie sie zum Leben erwachte.

Die Rakete leuchtete auf und gab mehrere Geräusche von sich, bevor sie wild herumhüpfte, was Izzie ein Kichern entlockte.

Sie war heute leicht zu unterhalten.

Harper watschelte von der Toilette den Flur hinunter und traf Hazel an der Bank. Sie winkte Izzie und mir zu, bevor sie sich neben Hazel setzte.

Die beiden Mädchen unterhielten sich angeregt, lachten und tratschten über wer weiß was.

Ich wandte meine Aufmerksamkeit wieder Izzie zu, aber sie war verschwunden.

Die Rakete hörte auf zu rütteln und ich schaute mich auf der anderen Seite um und war erleichtert, als ich sie auf ein Motorrad klettern sah. „Schon wieder! Mehr Geld?", fragte Izzie.

Das Mädchen war kurz davor, mir einen Herzinfarkt zu verpassen!

Ich warf ein paar Münzen in das Motorrad. Der Motor brummte unangenehm und die Scheinwerfer blinkten in vielen Farben.

Ich warf einen Blick auf die Rakete und sah, dass Hazel und Harper immer noch in ihr Gespräch vertieft waren.

„Das ist die letzte Fahrt", sagte ich zu Izzie. „Ich habe kein Geld mehr."

Sie jammerte aus Protest und zog einen Schmollmund.

„Psst!"

Ich warf einen Blick hinter mich.

„Skylar?" Ich hatte schon eine Weile nicht mehr mit ihr gesprochen. Sie hatte sich heimlich verlobt, und so wie es aussah, schien sie in Schwierigkeiten zu stecken. Ihre Haare sahen schmutzig aus, ihre Haut war voller Dreck, genau wie ihre Kleidung.

„Du musst mit mir kommen", sagte Skylar. Sie blickte hinter sich auf den Seitenausgang, der nur wenige Meter entfernt war.

„Izzie, es ist Zeit zu gehen." Ich konnte sie nicht allein lassen. Ich musste Hazel und Harper holen und ihnen sagen, dass etwas mit Skylar los war. Allerdings hatte ich im Moment keine Ahnung, was es war.

„Nein, äh, nur du", sagte Skylar.

„Ich kann sie nicht verlassen. Was ist los, Skylar?" fragte ich und trat näher heran.

„Bitte, es geht um Leben und Tod." Sie schlüpfte aus meiner Reichweite und rannte durch den Seitenausgang hinaus.

Scheiße.

Ich schnappte mir Izzie und trug sie an meiner Hüfte, während ich zum Seitenausgang joggte.

Ich stieß die Tür auf.

Das helle Sonnenlicht blendete mich für einen Moment.

„Es tut mir leid", flüsterte Skylars Stimme von hinten.

Ein weißer Lieferwagen parkte vor der Tür. Die Hintertür ging auf und mein Atem blieb mir im Hals stecken, als ich Benjamin Ryan, meinen Ex-Mann, auf der anderen Seite mit einer Waffe in der Hand sah.

Ich griff nach hinten zur Eingangstür des Einkaufszentrum um zu fliehen.

Sie war von außen verschlossen.

„Steig ein", sagte Ben und gestikulierte mit der Waffe, um seinen Anweisungen zu folgen.

Langsam setzte ich Izzie ab und stellte ihre Füße auf den Boden. „Lauf!" rief ich ihr zu und betete, dass sie auf mich hörte um Hilfe zu holen.

Ich wollte nicht, dass sie sich in meinem Schlamassel verheddert.

Was hatte Skylar mit Ben zu tun? Seit wann waren sie Freunde?

Izzie klammerte sich anmich , unwillig, wegzulaufen, um sich zu retten.

Er entsicherte die Waffe und richtete sie auf den Kopf der kleinen Brünetten. „Steig ein, oder sie stirbt!"

KAPITEL VIERZEHN

Skylar

Weglaufen schien eine großartige Idee zu sein, bis der Schuss fiel.

Ich wollte nicht sterben.

Nicht heute.

Die Flucht schien die einzige Möglichkeit zu sein, wenn man ausgebeutet wird. Warum hatte Enzo Jayden und mich verraten?

Er hatte mich ohne zu zögern dem Feind ausgeliefert.

Meine Finger streiften das Band, das Enzo mir ins Haar gebunden hatte. Es war eine seltsame Geste gewesen. Ich zerrte kräftig daran, weil ich keine Spuren von ihm an mir haben wollte.

Das Kleid, das ich trug, hatte er mir auch geschenkt.

Mein Magen sackte zusammen. Mir wurde schlecht.

Ich konnte mich nicht ausziehen. Ich hatte nichts anderes zum Anziehen.

Hatte Enzo absichtlich versucht, mich zu markieren?

Mich beansprucht? Mir gezeigt, dass ich zu ihm gehöre?

Auf dem Rücksitz des Geländewagens zog ich meine Haare nach unten und ließ die langen Strähnen in mein Gesicht fallen. Die Haarnadeln und Spangen ließ ich auf den Boden fallen.

In der roten Schleife war eine winzige Nachricht, die nur für meine Augen bestimmt war.

Hol dir Informationen, wenn du überleben willst. Du arbeitest jetzt für uns.

Ich war wütend.

War Jayden in den Plan eingeweiht gewesen, oder war es Don Riccis Idee gewesen? Jayden hatte es nicht einmal erwähnt und er hatte ziemlich erschüttert ausgesehen, als er festgenommen und ich vor die Menge gestoßen wurde.

Wenn ich überleben wollte, musste ich jeden Befehl von Don DeLuca befolgen, zumindest bis Hilfe kam.

Würde jemand kommen und mich retten?

Jayden war nicht wirklich mein Verlobter. Wir hatten so getan, als wären wir verlobt, um zu heiraten, und das war nur von kurzer Dauer gewesen. Leider dauerte es länger als jede meiner echten Beziehungen.

Erbärmlich, ich weiß.

Jaydens Ersatzplan, dass ich mit Dante flirte, war hinfällig. Angelo DeLuca hatte mich aus dem Haus von Enzo Ricci gezerrt.

Angelos Faust packte mich am Hals und erinnerte mich daran, dass ich so praktisch tot war, wenn ich nicht tat, was man mir sagte.

Ich konnte nicht zulassen, dass jemand das Band sieht. Ich befestigte es wieder in meinem Haar und stellte sicher, dass ich es später ordnungsgemäß entsorgen würde. Keiner durfte es finden. Und wenn doch, würden sie mich für eine Spionin halten.

———

Ich war allein, nur mit einem Feldbett, in einem kalten und schimmeligen Keller.

Es gab noch andere Mädchen. Ich hatte sie gesehen, als ich das erste Mal in den Keller gebracht wurde, vorbei an ihren Gefängniszellen.

Aber ich konnte mit keiner von ihnen sprechen.

Das Gefängnis in DeLucas Keller war ziemlich groß, und sie brachten mich in einen anderen Bereich, weg von den Mädchen, die zusammen eingesperrt waren.

Warum wurde ich festgehalten?

Warum hielt er mich in der hintersten Ecke seines Gefängnisses fest?

Zementwände und Böden mit schmiedeeisernen Gittern hielten uns gefangen. Es gab keine Möglichkeit zu entkommen, nicht ohne einen Schlüssel.

Gelegentlich hörte ich das Echo von Frauenstimmen, aber ich konnte nicht hören, was sie sagten. Es war, als wüsste Angelo DeLuca, warum ich ihm übergeben worden war, und er hielt mich davon ab, meine geheime Mission zu erfüllen.

Würde Jayden mich holen kommen?

Was ist mit Enzo Ricci?

———

Schwere Fußstapfen polterten über den Boden.

Ich setzte mich auf und wartete, um zu sehen, wer in meine Richtung kommen würde. War es Hilfe? Ich hatte weder Schüsse noch irgendwelche Kampfgeräusche gehört.

Es schien unwahrscheinlich, dass Enzo auftauchen und Angelo mich ihm ausliefern würde.

„Sieh an, sieh an, sieh an", erklang Angelos Stimme in meiner Zelle, als er um die Ecke kam. Er trug eine Hose und ein schwarzes Button-Down-Hemd. Seine schwarzen Haare sahen fettig aus, weil er sie mit zu viel Gel zurückgekämmt hatte. „Steh auf!", befahl er.

Ich stand auf, verschränkte die Arme vor der Brust und zögerte, während ich mich langsam auf die Zellentür zubewegte.

Würde er mich gehen lassen? Er schien nicht der Typ zu sein, der einem Mädchen die Freiheit schenkt.

Er starrte in meine Richtung und musterte jeden Zentimeter von mir. Wollte er mich mental entkleiden?

Ich war wie ausgedörrt, und während mein Körper zitterte, hoffte ich, dass er meine Angst nicht bemerkte. „Was willst du von mir?", fragte ich.

„Tsk. Tsk." Angelo schüttelte missbilligend den Kopf. „Ich stelle die Fragen. Du wirst zuhören."

Ich war weder gegenüber Enzo noch gegenüber Angelo loyal. Alles, was mich interessierte, war mein Überleben.

Ich hörte weitere Schritte die den Korridor herunter kamen.

„Wir wissen, dass du die Freundin von einem von Enzos Mitarbeitern bist. Was ich nicht verstehe, ist, warum Don Ricci dich uns geschenkt hat." Angelo schloss die Zellentür auf und trat ein, wobei er die Tür einen Spalt weit öffnete.

Könnte ich mich an ihm vorbeidrängen und einen Ausbruch wagen?

„Irgendwelche Ideen?", fragte Angelo.

Die Schritte kam näher und bog um die Ecke. Ich erkannte den Mann nicht. Ich bin mir nicht sicher, warum ich das dachte.

Es war nicht Jayden. Es gab hier nicht allzu viele andere, die ich kannte. Ich war noch neu in der Stadt.

Wusste Angelo das über mich? Er kannte bereits die Geschichte, die wir Enzo über unsere vorgetäuschte Beziehung erzählt hatten.

Angelo trat näher, als ich nicht antwortete.

Ich fühlte mich gefangen, mit dem Rücken an die kalte Zementwand gelehnt, sodass ich nirgendwo hin konnte.

Langsam hob er eine Hand. Sein Zeigefinger strich über meine Wange. „Du bist ein hübsches Mädchen. Du könntest sogar als ehrlich durchgehen." Er lachte mit einer Dunkelheit, die mir einen Schauer über den Rücken jagte. „Du kannst in dieser Zelle verrotten oder für Ben arbeiten. Er braucht einen Mitarbeiter, und ich brauche mehr Mädchen."

Ben stellte sich auf die gegenüberliegende Seite der Zelle und verschränkte die Arme vor der Brust.

„Bist du dir da sicher?", fragte er Angelo.

„Wenn sie eine Ratte sein soll, wird sie für uns arbeiten, und wenn nicht, dann steht sie in meiner Schuld. Ich gebe ihr einen Vorgeschmack auf die Freiheit. Das hat seinen Preis", sagte Angelo.

Sein Finger strich über meinen Kiefer, bevor er mein Kinn packte und mein Gesicht fest an sich riss, sodass ich in seine kalten, ausdruckslosen Augen starrte.

Ich hielt meinen Atem an.

„Wenn du einem meiner Männer nicht gehorchst, werden sie dir eine Kugel in den Kopf jagen. Dann werden wir deinen hübschen kleinen Freund jagen", sagte Angelo.

Er löste seinen festen Griff um mein Gesicht, und ich atmete auf, obwohl ich mich nicht erleichtert fühlte, noch nicht. Es war noch lange nicht vorbei.

„Ich will, dass du bis Mitternacht mit drei Mädchen wieder hier bist. Ich hoffe, sie sind jung, frisch und voller Leben." Angelo warf Ben einen harten Blick zu.

Es gab etwas Unausgesprochenes zwischen ihnen.

Eine gewisse Schwere lag in der Luft.

Ging es um mich?

„Lass uns gehen", grunzte Ben und deutete auf den Flur.

Wortlos trat ich aus der Zelle und folgte Ben den schmalen Flur hinunter. Ich hielt meinen Kopf gesenkt. Ich wollte nicht hier sein und schon gar nicht weiter in diesen Schlamassel hineingezogen werden.

Ich brauchte einen Plan, und zwar einen schnellen.

Drei Mädchen bis Mitternacht entführen?

Wenn ich nicht in den Knast komme, dann in die Hölle.

KAPITEL FÜNFZEHN

ARIELLA

Izzie klammerte sich an mich. Ich hielt sie fest und schlang ihre Arme um meine Brust, während ich widerwillig hinten in den Van kletterte.

Ich war zwar bereit, mein Leben zu riskieren, aber ich war nicht bereit, Izzie zu gefährden.

Ich wusste, dass sie Angst hatte, aber ich wünschte, sie hätte getan, was ich verlangte, und wäre weggelaufen. So hätte sie sich wenigstens retten können.

Die Hintertür, der Ausgang, durch den wir hinausgegangen waren, öffnete sich quietschend.

Hazel und Harper traten heraus.

Verdammt!

Ich öffnete den Mund, um zu schreien und sie zu warnen, dass sie wieder hineinlaufen und Hilfe holen sollten.

Aber es war zu spät.

„Du!" Bens Augen verengten sich und er knurrte die beiden an. „Steigt ein!", bellte er die beiden an und richtete die Waffe auf Harpers schwangeren Bauch.

Harper hob ihre Hände. „Okay. Okay. Erschießt uns nicht!" Sie watschelte auf den weißen Lieferwagen zu. Als sie mich auf dem Rücksitz mit Izzie im Arm sah, bekam sie einen ängstlichen Gesichtsausdruck.

Wusste er, dass Harper, Hazel und ich Freunde waren? Was wollte er von ihnen?

Hazel zögerte.

„Steig ein oder ich erschieße das kleine Mädchen." Ben riss die Waffe herum und richtete sie auf Izzie.

Hazel schnaufte leise, kletterte aber hinten in den Wagen und setzte sich neben mich. Sie legte eine Hand auf mein Bein, während wir alle zusammengerollt auf dem Boden saßen.

Skylar kletterte zu uns ins Auto, bevor Ben die Wagentür zuschlug.

Einen Moment später heulte der Motor auf. Wohin wollte er uns bringen? Wenn er hinter mir her war, warum sollte er dann alle anderen mit hineinziehen?

„Was zum Teufel hast du dir dabei gedacht?", schoss ich Skylar entgegen, die uns gegenüber auf dem Boden saß. Warum war Skylar mit Ben befreundet?

„Ich hatte keine andere Wahl", sagte Skylar, die ihren Blick auf den Metallboden des Trucks gerichtet hatte.

Harper legte eine Hand auf ihren schwangeren Bauch. „Das spielt keine Rolle. Wir sind jetzt in dieser Situation. Was sollen wir dagegen tun?"

Ben konnte uns auf dem Fahrersitz nicht hören, während er fuhr.

Ich versuchte es mit dem Türgriff, aber ich erwartete nicht, dass er sich öffnen würde. Und selbst wenn, was sollten wir tun? Aus einem fahrenden Transporter springen? Wir hatten ein Kind und eine schwangere Frau, also schien das nicht der beste Plan zu sein.

Ich holte mein Handy aus der Tasche. Ben kannte sich offensichtlich nicht mit Entführungen aus. Zum Glück hatte er nicht viel gelernt, als er mich das letzte Mal entführt hatte.

„Wo bringt er uns hin?", fragte ich und starrte Skylar an.

Sie saß mit gekreuzten Beinen da und kaute auf ihrer Unterlippe.

Na toll. Skylar war keine Hilfe.

Ich rief Jaxsons Nummer auf und versuchte, ihn anzurufen.

Es klingelte und die Mailbox ging an.

Ist das dein Ernst? Was machte er, das so wichtig war? Aber er konnte ja nicht wissen, dass wir in einen Lieferwagen verfrachtet worden waren.

„Jaxson, deine verrückte Schwester hat uns vier von Benjamin Ryan entführen lassen. Wir sitzen auf dem Rücksitz seines weißen Lieferwagens und fahren laut GPS in Richtung Nordosten. Ich weiß nicht, wie lange wir unsere Handys noch haben. Bitte ruf uns an."

„Daddy", sagte Izzie und griff nach meinem Telefon.

Ich legte den Anruf auf. „Tut mir leid, Süße, Daddy hat nicht abgenommen." Ich schaltete mein Telefon auf lautlos und steckte es in meine modischen Stiefel.

Izzie zitterte in meinen Armen und klammerte sich noch fester an mich, sodass sie kaum noch atmen konnte.

Sanft streichelte ich ihren Rücken und versuchte, ihre Ängste zu lindern. Das Mädchen hatte in ihrem kurzen Leben schon genügend durchgemacht.

Skylar starrte Izzie an. „Es tut mir leid. Es war auch nicht meine Entscheidung, hier zu sein." Ihr Blick begegnete meinem Blick. „Ich weiß, dass du Ben für das Monster hältst. Du denkst wahrscheinlich auch, dass ich eins bin, aber du hast noch nicht einmal annähernd herausgefunden, wozu er fähig ist."

„Wer?", fragte ich. Wenn sie nicht Ben meinte, wer steckte dann hinter unserer Entführung? Für wen arbeitet Ben?

„Don DeLuca", flüsterte Skylar.

Ich hatte sie kaum gehört und den Namen kannte ich auch nicht. Sie hatte ihren Blick abgewandt.

Skylar legte ihre Hände zusammen, bevor sie sich auf ihre Fingernägel konzentrierte und an dem hellrosa Nagellack zupfte.

„Soll mir der Name etwas sagen?", fragte ich. Ich warf einen Blick auf Hazel und Harper. Nicht, dass ich erwartet hätte, dass sie den Namen wiedererkennen würden, aber vielleicht wussten sie etwas, von dem ich nichts wusste.

„Scheiße", flüsterte Harper.

„Was?" Ich schaute sie an. Was wusste sie denn schon?

„DeLuca arbeitet für Don Ricci", sagte Harper. „Na ja, für ist ein starker Ausdruck. Nachdem ich Enzos Hintergrund herausgefunden hatte, habe ich ein wenig nachgeforscht."

„Nachgeforscht?", fragte ich.

„Ja, ich habe einen Privatdetektiv angeheuert, um herauszufinden, mit wem ich verheiratet war und warum er in Vegas war. Als ich in den Nachrichten sah, dass Enzo wegen einer Reihe von Verbrechen gesucht wurde, dachte ich, er sei der einzige Mafia-Boss."

„Mafia-Boss?" flüsterte Hazel. „Wenn sie wissen, dass mein Nachname Agron ist, werden sie mich umbringen." Sie zog die Knie an ihre Brust und machte große Augen. Ich spürte, wie sie neben mir im Wagen zitterte.

Hazels ältester Bruder war der Kopf der russischen Mafia in Chicago, aber er war tot. Wir waren nicht auf dem Laufenden, wer an die Macht gekommen war, aber Hazel war wahrscheinlich immer noch ein Ziel der russischen Mafia. Sie hatten sie in Ruhe gelassen, nachdem ihr Verlobter, Franco Ivanov, verhaftet worden war, aber das bedeutete nicht, dass sie nicht auf Rache aus waren, wenn DeLuca Verbindungen nach Chicago hatte.

„Es hat sich herausgestellt, dass Angelo DeLuca den Nevada- und Südwest-Ring leitet. Sie sind Feinde, zumindest waren sie es. Aber Lincoln hat Enzo im Auge behalten. Er traut ihm nicht zu, dass er mich in Ruhe lässt."

Vielleicht hatte Lincoln recht und Ben hatte uns vier nicht meinetwegen geschnappt. Dadurch fühlte ich mich nicht im Geringsten besser.

Könnte es daran liegen, dass Don DeLuca versucht hat, mit Harper die Aufmerksamkeit von Don Enzo zu gewinnen? Dachte er, das Baby sei von Enzo?

„Was sollen wir tun?", fragte ich und schaute von Harper zu Skylar.

Skylar starrte wieder auf den Boden. „Ich kann euch nicht helfen. Don DeLuca hat bis Mitternacht drei Mädchen erwartet. Ich hatte keine andere Wahl", flüsterte sie. Ihre Stimme klang angestrengt, als ob sie gegen die Tränen ankämpfen würde.

Ich hatte Skylar noch nie weinen sehen. Sie war launisch und schwierig, emotional auf einer Skala von Zickigkeit. Aber so eine besorgte Skylar kannte ich noch nicht.

Das Fahrzeug kam abrupt zum Stehen.

Der Motor ging aus.

Warum wurden wir angehalten?

Ich wollte nach meinem Handy greifen und einen Blick auf das GPS werfen, um unseren Standort zu bestimmen, aber die Wagentür quietschte und schlug zu.

Ben war auf dem Weg.

Jeden Moment würde er die Wagentür öffnen und ich konnte nicht riskieren, dass er mein Handy entdeckte.

Ben rüttelte am Griff und schob die Tür des Vans auf. „Raus!", forderte er und winkte uns mit seiner Waffe zu.

„Ich will nach Hause", sagte Izzie und drückte sich fest an mich.

Sie lag schon in meinen Armen, aber ihr Halt schien nicht genug zu sein. „Ich weiß, mein Mädchen." Ich wollte auch nach Hause gehen.

Ich würde mein Leben aufs Spiel setzen, um Izzie zu beschützen. Sie war genauso sehr meine Tochter geworden wie Jaxsons Tochter.

KAPITEL SECHZEHN

JAXSON

Wie zum Teufel hatte ich ihren Anruf verpasst?

Ich hörte ihn mir wieder und wieder an. Ich konnte die Angst in ihrer Stimme hören, selbst als Ariella versuchte, stark zu sein.

Sie waren zum Einkaufszentrum gegangen. Dort mussten sie entführt worden sein.

Wir trafen uns mit dem Sicherheitsdienst des Einkaufszentrums, einem Haufen Hilfspolizisten, die uns körnige Schwarz-Weiß-Aufnahmen von der Entführung zeigten.

Skylar war bei ihnen, und Ben hatte eindeutig eine Waffe, die er auf mein kleines Mädchen richtete.

Ich wollte ihn umbringen.

Mason und Lincoln standen rechts und links von mir und sahen sich das Video ebenfalls an. Das Leben ihrer Freundinnen stand auf dem Spiel, genau wie das meiner Töchter und das von Ariella.

Es kostete mich alles, um Jayden nicht zu verprügeln.

Er hatte diesen Schlamassel verursacht.

„Ruf Declan an", ratterte ich die Befehle herunter. „Er soll die Überwachungsgeräte und das Filmmaterial überprüfen, um herauszufinden, wohin Ben sie gebracht haben könnte. Ariella hat gesagt, dass sie in Richtung Nordosten gefahren sind. Ich will, dass Aiden ihr Telefon aufspürt. Peilt alle Telefone an und schaut, ob jemand ein Signal sendet. Für wen zum Teufel arbeitet Ben?"

„Wenn Skylar bei ihnen ist, weiß ich, wer die Mädchen hat. Sie gehören zu Angelo DeLuca", sagte Jayden.

„DeLuca, der Gangsterboss aus Vegas? Was zum Teufel macht er in Breckenridge?" Ich drehte mich auf dem Absatz um und stand Jayden gegenüber, um eine Antwort zu bekommen. Plötzlich fiel mir der Name wieder ein.

Lincoln überragte Jayden. „Ich habe mir die gleiche Frage über Don DeLuca gestellt. Was macht er in der

Stadt? Ich hatte einen Verdacht seinetwegen und Enzo. Ein Mann wie DeLuca taucht nicht einfach für einen netten kleinen Urlaub mitten im Nirgendwo auf", sagte Lincoln.

Lincoln hatte recht.

DeLuca führte nichts Gutes im Schilde.

„Glaubst du, es ist ein Revierkampf?", fragte ich. Lincoln wusste mehr über die Mafia als ich.

Ich war mir bewusst, dass er nebenbei noch Dreck über Enzo Ricci ausgraben wollte. So sehr es mir auch missfiel, ich glaubte nicht, dass seine private Ermittlungsarbeit der Grund für die Entführung der Mädchen war.

Aber ich mochte keine Zufälle.

„Nein", schüttelte Lincoln den Kopf. „Ich weiß aus zuverlässiger Quelle, dass sie zusammen Geschäfte machen."

Verdammt. Das war neu für mich.

Es war schon schlimm genug, dass Enzo Ricci in Breckenridge eingezogen war, aber jetzt mussten wir uns auch noch mit Angelo DeLuca herumschlagen? „Was für ein Geschäft?" Ich warf Jayden einen Blick zu. „Du weißt, worum es geht, oder?"

Er hatte schon viel zu lange geschwiegen.

Ich war bereit, mir die Hände schmutzig zu machen und den Bastard zu foltern, wenn das bedeutete, meine Tochter zu finden und sie und die Mädchen zurückzubekommen.

Jayden trat in dem kleinen Sicherheitsraum des Einkaufszentrums einen Schritt zurück.

Ich räusperte mich. Die Sicherheitsbeamten des Einkaufszentrums brauchten nicht mehr Informationen, als wir ihnen bereits gegeben hatten.

„Wie wäre es, wenn wir das draußen regeln?", fragte ich. Das war keine Frage.

Die Jungs verließen das Sicherheitsbüro des Einkaufszentrums und gingen durch die Doppeltüren nach draußen.

„Hört zu." Jayden hob kapitulierend die Arme.

Er hatte wahrscheinlich Angst, dass wir ihn verprügeln würden.

Das kam mir auch in den Sinn, aber lebend und unverletzt war er für uns viel nützlicher.

„Ich wollte nicht, dass das alles passiert. Ihr müsst wissen, dass ich niemals eine schwangere Frau oder ein Kind verletzen würde", sagte Jayden mit

Nachdruck. „Ich möchte helfen. Lass mich mit Enzo reden und sehen, ob wir DeLuca dazu bringen können, die Mädchen und das Kind auszuliefern."

Masons finsterer Blick hatte sein Gesicht nicht verlassen. „Glaubst du wirklich, dass es irgendjemandem hilft, wenn du Enzo damit hineinziehst? Wir haben es nicht nötig, uns bei einem Mafioso zu verschulden. Wir werden das im Eagle-Tactical-Stil erledigen", sagte Mason.

„Wenn du meinst, dass wir mit Waffengewalt hineingehen und DeLucas Gelände in die Luft jagen, bin ich dafür", sagte Lincoln.

Ich hatte keine Einwände. Wir mussten schnell handeln.

Ich machte mich auf den Weg zum Truck und die Jungs folgten mir auf dem Fuße. Unsere Waffen und taktische Ausrüstung waren alle im Büro von Eagle Tactical.

Außerdem brauchten wir Blaupausen oder irgendwelche Pläne, damit wir nicht blind hinein gehen mussten.

Es würde Zeit brauchen, um einen idiotensicheren Plan zu entwickeln, und davon hatten wir nicht viel, wenn man bedenkt, womit wir es zu tun hatten.

Wir eilten zurück ins Büro, wo Declan und Aiden damit beschäftigt waren, die Telefone der Mädchen aufzuspüren und uns Zugang zu den Sicherheitsvideos auf DeLucas Gelände zu verschaffen.

Lucy, die Empfangsdame, sprang auf, als wir hereinkamen. „Es tut mir so leid. Ich habe gerade gehört, was passiert ist", sagte sie und folgte uns durch den Flur. „Wenn ich dir irgendwie helfen kann. Ich weiß, wie viel Ihnen Ihre Tochter bedeutet, Sir."

Ich atmete schwer aus. Es war nicht nur Izzie, die vermisst wurde, auch wenn sie in meinen Gedanken ganz oben stand.

Auch Ariella war entführt worden, und in Anbetracht ihres Gesundheitszustands fand ich es nicht gut, dass sie von einem Mafioso festgehalten wurde. Nicht, dass ich froh war, dass eines der Mädchen mit vorgehaltener Waffe entführt worden war.

„Das ist nett von dir, Lucy", sagte ich.

Ich erkannte, dass sie helfen wollte. Das war der Grund, warum sie sich nicht hinter ihrem Schreibtisch versteckte und sich aktiv an unserer Arbeit beteiligte.

Aber ich konnte sie nicht einbeziehen oder ihr Leben in Gefahr bringen. Sie war keine ehemalige Soldatin. Lucy hatte keine taktische Ausbildung. Sie war gut darin, Anrufe zu beantworten, Termine zu vereinbaren und das Büro mit Vorräten zu versorgen.

Ich hörte mich wahrscheinlich wie ein undankbarer Arsch an. Ja, ich war dankbar für Lucys Hilfsangebot, aber ich hatte nicht vor, ihr Leben zu riskieren, um die Mädchen zu retten.

Um ehrlich zu sein, konnte sie nichts tun.

„Leute", Aidens Stimme schallte durch den Flur.

Ich eilte mit flottem Schritt zu seinem Büro und steckte meinen Kopf hinein. „Hast du etwas?" Ich hoffte, dass er uns nicht nur „Hallo" sagen wollte.

Mein Herz war wie ein Presslufthammer, der gegen das zerrissene Pflaster hämmerte. Ich fühlte mich nervös, bereit zu schreien und eine Wut zu entfesseln, von der ich bis heute nicht wusste, dass ich sie in mir trug.

Mein kleines Mädchen war in Gefahr.

Ariella war in Gefahr.

Die beiden Menschen auf der Welt, die mir am meisten bedeuteten, könnten heute sterben.

Das war ein Gedanke, mit dem ich nicht umgehen konnte, und eine Realität, mit der ich nicht leben wollte.

„Ich habe ein Ping von einem der Telefone bekommen, von Ariella", sagte Aiden. „Es war kurz und dauerte nur eine Sekunde, aber wir haben die Umgebung eingegrenzt."

Declan trug seinen Laptop ins Büro und setzte sich zu uns, zusammen mit Mason und Lincoln.

„Jayden ist überzeugt, dass sie auf dem Gelände von Angelo DeLuca festgehalten werden", sagte ich. Ich brachte ihn auf den neuesten Stand, was er und Declan verpasst hatten.

Jayden hing mit verschränkten Armen im Flur herum. Er wirkte reumütig, und unbehaglich. Wahrscheinlich, weil wir darauf vorbereitet waren, ihn an den Eiern aufzuhängen, wenn einem der entführten Mädchen etwas zustoßen würde.

„Das solltest du dir ansehen", sagte Declan. Er hatte sich in das Überwachungsmaterial von DeLucas Haus gehackt, in dem sich auch sein Lager befand.

Er tippte auf den Bildschirm und zoomte heran, um einige der Überwachungsvideos zu säubern.

Ein kleines Mädchen rannte allein die Holztreppe hinauf. „Das ist Izzie!"

War sie vor den Männern geflohen?

Warum rannte sie die Treppe hinauf und nicht zur Tür hinaus?

„Wir müssen weg, sofort!" Ich konnte nicht mit ansehen, wie meiner Tochter etwas Schreckliches zustieß.

Ich eilte aus dem Zimmer und ging zur Tür. „Ruf mich an, sobald du etwas Konkretes hast!"

Jayden rannte mir hinterher. „Ich komme mit dir. Ich habe eure Familien in diesen Schlamassel hineingezogen. Ich werde sie da wieder herausholen."

Ich warf ihm einen Blick zu. Ich wusste nicht, was er vorhatte, aber wir würden wahrscheinlich eine Ablenkung brauchen. Von mir aus könnte Jayden der Köder sein.

KAPITEL SIEBZEHN

Skylar

Ich hatte nie einen Plan, auch nicht, als Don DeLuca von mir verlangte, seinem Partner zu helfen, bis Mitternacht drei Mädchen zu schnappen.

Weglaufen wäre vielleicht die bessere Option gewesen, aber ich war nicht der Typ, der flieht. Außerdem, wo hätte ich denn hingehen sollen, ohne erschossen und in den Wald geworfen zu werden?

Ben hatte darauf bestanden, dass wir die Entführung im Einkaufszentrum durchführen.

Er war ein Idiot.

Ich konnte nicht glauben, dass er wollte, dass wir uns vor laufender Kamera drei Mädchen schnappen. Wollte er, dass wir geschnappt werden? Vielleicht wollte er, dass ich ins Gefängnis komme und er hatte vor, wegzufahren und meinen Arsch zurückzulassen.

Ich traute ihm nicht.

Wir waren keine Freunde.

Ich mochte den Bastard nicht einmal.

Würde Jayden mich holen kommen? Ich bezweifelte, dass ich ihm zufällig über den Weg laufen würde. Das war ein zu großer Zufall und ich hatte nicht einmal mein Handy bei mir, das er hätte orten können.

Ich tat, wie mir aufgetragen worden war, und schlich mich ins Einkaufszentrum. Als ich Ariella sah, hoffte ich, dass ich sie einbeziehen konnte, wenn auch nur, um ihre Hilfe zu bekommen.

Da ich in den letzten Monaten mit ihr und Jaxson zusammengelebt hatte, kannte ich ihr Geheimnis. Ariella war einmal eine CIA-Agentin gewesen. Nun, ich wusste, dass sie für die CIA arbeitete.

Ich wusste nicht genau, was sie tat, aber wenn irgendjemand eine Ausbildung hatte und uns aus diesem Schlamassel herausholen konnte, dann war Ariella schlau, gerissen und hatte schon genug Geiselsituationen erlebt, sodass sie dieses Mal vorbereitet sein musste.

Oder?

Mann, habe ich mich geirrt.

Verdammt noch mal.

Ich konnte es immer noch nicht fassen, dass Izzie hinter uns her war.

Versteh mich nicht falsch. Ich hasse Kinder. Ich habe vor, nie welche zu haben, aber sie ist meine Nichte, und so sehr sie auch ein rotziges Kleinkind ist, sie ist auch meine Verwandte.

Warum konnte sie nicht auf Ariella hören, als sie ihr sagte, sie solle weglaufen?

Ich hätte etwas unternehmen müssen.

Ich hätte gegen Ben kämpfen, ihr helfen können zu entkommen und auch mir selbst zur Flucht verhelfen können.

Aber ich war dumm und egoistisch. In Wahrheit hatte ich Angst, dass Ben mich oder noch schlimmer, das kleine Mädchen, auf das er die Waffe gerichtet hatte, töten würde.

Also tat ich, was man mir gesagt hatte, kletterte verlegen in den Van und betete, dass Ariella und Jaxson mir eines Tages verzeihen würden.

Heute sollte dieser Tag nicht sein.

„Steigt aus!", schrie Ben uns an und fuchtelte mit seiner Waffe herum.

Diesmal war er nicht allein.

Er hatte den Van am Hintereingang des Geländes geparkt und DeLucas Männer hielten ihre Waffen in der Hand, um uns daran zu erinnern, ihren Befehlen zu gehorchen.

Niemand wollte zuerst aus dem Van klettern, am wenigsten ich.

Die Mädchen rührten sich nicht und ich war lange genug hier, um zu wissen, dass es Konsequenzen haben würde, wenn wir ihre Anweisungen nicht befolgten.

Mit einem lauten Schnauben kletterte ich als Erste aus dem Wagen und hörte, ohne mich umzusehen, den Tumult hinter mir, als die anderen Mädchen folgten.

„Folgt mir", sagte Ben und führte uns durch die Metalltür und die Treppe hinunter in den Keller. „Du nicht. Du bleibst hier", wies er Skylar an.

„Wo bringst du sie hin?", fragte Ariella.

War ich ihr nach dem, was ich getan hatte, noch wichtig?

Ihr Blick war kurz zu mir gerichtet, während sie Izzie fest an ihre Brust drückte und das kleine Mädchen in ihren Armen hielt. Vielleicht habe ich es mir eingebildet, aber sie sah nicht so wütend aus, wie ich es erwartet hätte.

War es Enttäuschung? Vielleicht Traurigkeit.

Oder ich wollte einfach nicht sehen, dass sie mich hasste. Auch das war eine reale Möglichkeit.

„Das geht dich nichts an", sagte Ben.

„Wer ist das Kind? Wir sind noch nicht lange genug getrennt, als dass sie dir gehören könnte", sagte Ben.

Er griff nach Izzie und riss sie aus Ariellas Griff.

„Nein!" Ariella bewegte ihren Körper, um meine Nichte vor seinen Händen zu schützen.

„Was willst du von ihr?", fragte ich. „Sie ist doch nur ein Kind."

Ich wusste nicht, was Ben mit den Mädchen vorhatte, aber ich vermutete, dass es nichts Gutes war. Ich hatte die Handvoll Frauen im Keller gesehen, und nach dem, was ich zuvor von Jayden erfahren hatte, wurden sie gehandelt.

„Gut. Du willst sie. Du bist für sie verantwortlich", sagte Ben, als er mir Izzie in die Arme drückte.

So ein Mist.

Was wusste ich schon über Kinder?

Izzies Augen füllten sich mit Tränen und ihre Unterlippe zitterte, bevor der Damm brach. „Ich will meinen Papa!", heulte Izzie und zappelte in meinen Armen.

Sie wollte nicht, dass ich sie in den Arm nehme, aber das konnte ich ihr nicht verübeln. Wir waren nicht die besten Freunde. Sie wusste wahrscheinlich, dass ich nicht scharf auf sie war, und sie machte mir deutlich, dass sie auch nicht mit mir zusammen sein wollte.

„Das wird schon wieder", sagte Ariella und streichelte sanft Izzies Rücken. „Skylar wird nicht zulassen, dass dir etwas zustößt. Ist es nicht so?"

Der Blick, den sie mir zuwarf, jagte mir einen Schauer über den Rücken.

„Ja, das ist richtig. Bei mir bist du sicher", sagte ich und hielt Izzie an meiner Hüfte fest.

Ich wollte sie absetzen. Ich war es nicht gewohnt, ein Kind zu halten, geschweige denn dreißig oder vielleicht vierzig Pfund, die sich um meinen Hals und meine Hüften geschlungen hatten.

Das Kind hatte nicht vor, seinen Griff um mich zu lockern.

„Du wirst sie beschützen, koste es, was es wolle", sagte Ariella und lehnte sich dicht an mein Ohr. „Oder ich werde dich jagen und dich Jaxsons Zorn spüren lassen."

Ariella hatte recht. Ich fürchtete meinen älteren Bruder viel mehr als sie.

KAPITEL ACHTZEHN

ARIELLA

Jaxson würde mich umbringen.

Das dreckige Ungeziefer hatte mir Izzie direkt aus den Armen gerissen und sie Skylar überlassen.

Jaxsons Schwester sah nicht im Geringsten erfreut aus, dass sie sich um das kleine Mädchen kümmern musste.

Ben führte Skylar von uns weg, eine weitere Treppe hinauf und außer Sichtweite.

„Mama!" schrie Izzie.

Hatte sie nach mir gerufen?

Ich hasste die Tatsache, dass Ben mit Izzie und Skylar dort oben war. Bei jedem anderen hätte ich Angst gehabt, aber nicht so. Ich wusste, wozu Ben fähig war.

Er war ein Monster.

Ben hatte mich entführt, bedroht, gefangen gehalten und hätte mich getötet, wenn er die Chance dazu gehabt hätte.

Mein Herz tat weh und mein Magen rebellierte.

Wollte er Izzie etwas antun, um sich an mir für das zu rächen, was ich vor all den Jahren getan hatte?

Ich war zwar nicht Izzies leibliche Mutter, aber ich war die einzige Mutter, die Izzie gekannt hatte. Emma, ihre leibliche Mutter, war nicht mehr auffindbar und saß im Gefängnis. Sie hatte ihre Tochter nicht gewollt, und sie wollte sie zur Adoption freigeben.

„Bewegung!", befahl ein Mann, den ich nicht kannte. Er hatte dicke, buschige Augenbrauen und kurzes, dunkles, lockiges Haar.

Er führte Hazel, Harper und mich eine Treppe hinunter und hielt eine Waffe auf uns gerichtet, um uns daran zu erinnern, dass er das Sagen hatte.

„Beeilt euch!", befahl der Mann, als wir in den schummrigen Keller hinabstiegen.

Eine Reihe von Gefängniszellen säumte das unterirdische Gelände. Auf der rechten Seite waren mehrere Frauen in einer der Zellen eingesperrt.

Er schloss die zweite Zelle auf und die eisenbeschlagene Tür öffnete sich quietschend, als er die Tür nach außen schwang.

„Geht hinein", sagte er und deutete mit seiner Waffe, dass wir tun sollten, was er befahl.

Ich warf einen Blick über die Schulter auf Hazel und Harper im hinteren Bereich. Hinter ihnen standen zwei Wachen mit halb automatischen Waffen.

Es waren zu viele von ihnen und Harper war schwanger. Ich konnte nicht gegen sie kämpfen, ohne zu viel zu riskieren.

Ich zögerte, bevor ich tat, was mir gesagt wurde. Ich betrat die Gefängniszelle, Hazel folgte ein paar Schritte hinter mir.

„Bitte, Sir", sagte Harper und legte eine Hand auf ihren übergroßen Bauch. Dass sie schwanger war, ließ sich vor diesen Männern nicht verbergen.

Sie stand am Eingang zu unserer Zelle, war aber noch nicht hineingetreten.

„Bewegung!", rief er und schob Harper an den Eisentoren vorbei hinein.

Sie stolperte vorwärts über ihre geschwollenen Füße.

Ich stürzte nach vorn und streckte die Hand aus, um Harper aufzufangen und sie davor zu bewahren, auf den Boden zu fallen. Wir mussten unbeschadet aus dieser Situation herauskommen.

Er versperrte den Ausgang, aber er hatte die Metalltüren noch nicht geschlossen, um uns einzuschließen.

„Gebt mir eure Handys."

Hazel und Harper kramten langsam in ihren Taschen und holten ihre Geräte heraus.

Ich rührte mich nicht von der Stelle, wo ich auf dem Zementboden stand. „Meines ist herausgefallen, als wir abgeholt wurden", sagte ich und gab mein Bestes, um zu lügen. Ich weigerte mich, einen Rückzieher zu machen und starrte ihm in die Augen.

Wenn ich auch nur mit der Wimper zuckte, würde er die Scharade durchschauen.

Seine Augen verengten sich, als sein Blick über meinen Körper glitt. „Das glaube ich dir nicht. Zieh dich aus."

„Ich schwöre, ich habe mein Handy nicht dabei. Ich hob meine Hände, um mich zu ergeben. „Du kannst mich durchsuchen", sagte ich. Ich hoffte, das würde ausreichen.

Ich wollte mich nicht ausziehen, schon gar nicht für ihn.

Zum Glück war Skylar schon weggeschoben worden, sonst hätte sie vielleicht den Standort meines Handys verraten.

Sie war die letzte Person, der ich vertraute, na ja, ihr und Ben.

Arbeiteten sie zusammen oder hatte sie sich ungewollt in die Sache hineingesteigert? Sie hielten sie nicht mit uns im Gefängnis fest.

Der Mann mit den buschigen Augenbrauen schritt auf mich zu.

Sein Atem roch nach abgestandenem Kaffee und er stank nach altem Zigarettenrauch. „Arme ausstrecken", befahl er.

Ich streckte meine Arme aus, während er mich ein wenig zu intim abtastete. Mit einer Hand umfassten seine Finger meine Brüste und streichelten sie, bevor er seine Hand in den Bund meiner Jeans schob.

„Bitte, hör auf." Meine Stimme blieb mir in der Kehle stecken.

Die Galle stieg mir auf die Lippen. Ich schluckte die brennende Flüssigkeit hinunter und kniff meine Augen zusammen.

Er hob die Hand mit der Waffe und setzte den Lauf gegen meine Stirn. „Ich gebe die Befehle. Vergiss das nie."

Seine Finger streiften über mein Höschen.

Mein Bauch flatterte und mein Körper zitterte.

Er zog seine Hand aus meiner Hose.

„Dreh dich um."

War es vorbei?

Seine Hand tanzte den gleichen Tanz über meinen Hintern, im Bund meiner Jeans, bevor er seine Hand zurückzog und die Waffe senkte.

Einen Moment später schlich er sich zur Tür, trat hinaus und schloss das Eisengitter. Das Metall quietschte, als er das Schloss einrasten ließ.

Als er außer Sichtweite war, sackte ich auf dem kalten Zementboden zusammen.

Ich fühlte mich kalt.

Mein Körper war von innen gefühllos, und das Zittern nahm jedes bisschen meiner Existenz in Beschlag. Ich saß mit an die Brust gezogenen Beinen da und zitterte unkontrolliert.

Hazel beugte sich herunter und legte mir eine Hand auf den Rücken.

„Wir werden schon eine Lösung finden", sagte sie mit sanfter und beruhigender Stimme.

Ich nickte feierlich und schaute in Richtung Flur. Es standen keine Wachen draußen . Vielleicht betrachteten sie uns nicht mehr als Bedrohung, weil wir hinter Gittern waren.

Als ich mich kurz im Raum umsah, erkannte ich keine Überwachungsgeräte. Es gab keine Anzeichen von Kameras und Aufzeichnungsgeräten, obwohl ich mir nicht sicher war, ob sie uns abhörten.

Ich würde vorsichtig sein müssen.

Langsam zog ich mein Handy aus meinen Stiefeln.

Ich hob meinen Finger an die Lippen und warnte die anderen Mädchen in der Zelle nebenan, nichts zu sagen, da sie uns mit grimmiger Intensität beobachteten.

Würden sie uns verraten?

Wir saßen doch alle im selben Boot, oder? Es sei denn, eine von ihnen war wie Skylar und wurde von der Mafia angeheuert, um Frauen zu entführen.

War das bei Skylar der Fall oder hatte ich alles missverstanden ? War das wichtig? Sie hatte uns in die Hände der Mafia geführt. Und zu welchem Zweck?

Ich nahm mein Handy und warf einen Blick auf das Signal.

Kein Service.

Das war seltsam.

Fast überall, wo ich gewesen war, hatte Breckenridge Mobilfunkempfang. Auch wenn das Signal in den Bergen nicht so stark war, gab es doch viele Mobilfunkmasten.

Wahrscheinlich haben sie das Signal blockiert. Aber wenn ich nur mit meinem Handy nach draußen gehen könnte, dann könnte ich Jaxson erreichen und er könnte mich aufspüren.

Das war eine unrealistische Erwartung.

Warum sollten sie mich nach draußen lassen?

Und wenn ich es nach draußen schaffen könnte, würde ich ganz sicher weit und schnell rennen. Ich wollte nicht hierbleiben, um einen Anruf zu tätigen.

Hoffentlich konnte Jaxson das Signal orten, bevor wir auf das Gelände geworfen wurden.

„Nichts", sagte ich und schob mein Handy zurück in meinen Stiefel. Wenn sie mich schon durchsucht hatten, würden sie hoffentlich nicht noch einmal nach dem Gerät suchen.

———

In der Ferne ertönten Schüsse.

Waren das Jaxson und sein Team, die uns retten wollten?

Im Keller flackerte das Licht, und wir drei saßen zusammengekauert auf dem Boden.

„Wir bringen die Mädchen weg, sofort!" Bens Stimme hallte wider, als er die Kellertreppe hinuntereilte.

Hinter ihm trieb uns ein halbes Dutzend bewaffneter Männer aus den Gefängniszellen, damit wir ihnen nach draußen folgen sollten.

Hazel und ich standen schnell auf und halfen Harper auf die Beine.

„Sie bleibt", sagte der Mann mit den buschigen Augenbrauen und deutete auf Harper.

„Bist du sicher?", fragte Ben den anderen Mann. „Wir könnten das Doppelte für sie bekommen."

„Diese Männer wollen keine Babys. Sie wollen Sex. Ich werde ein paar Anrufe tätigen und sehen, ob wir einen Käufer außerhalb unserer üblichen Kanäle finden können."

„Nein", sagte ich und stellte mich vor Harper.

Habe ich ihr geholfen oder alles noch schlimmer gemacht, indem ich sie nicht bei diesen Monstern zurücklassen wollte?

Ich wollte Harper beschützen, aber ich spürte den Lauf von Bens Waffe an meinem Kopf. Ich hörte, wie die Waffe mit einem Klicken entsichert wurde.

„Bring mich nicht in Versuchung, Süße", sagte er, sein Atem strich an meinem Ohr vorbei, als er sich vorbeugte und meinen Arm packte.

KAPITEL NEUNZEHN

Jayden

Ich hatte mir geschworen, niemals mit den Jungs von Eagle Tactical zusammenzuarbeiten.

Warum?

Weil ich ihnen bereits mein Leben verdankte.

Wir hatten zusammen im Militär gedient. Jaxson hatte meinen Arsch hinter den feindlichen Linien hervorgezogen, während ich angeschossen wurde und verblutete.

Ich hätte sterben sollen.

Er hätte mich zum Sterben zurücklassen sollen.

Ihm zu danken erschien mir unangemessen, nachdem er sein Leben riskiert hatte, während Kugeln auf ihn einschlugen. Er war rücksichtslos, aber selbstlos.

Ich hatte es nicht verdient.

Er hatte sein Leben aufs Spiel gesetzt. Er hätte sterben können, und ich war es ihm schuldig.

Was habe ich getan, als wir nach Hause zurückkehrten?

Ich hielt Abstand.

Ich war Jaxson vielleicht mein Leben schuldig, aber ich wollte nicht seins riskieren, nicht wenn das Leben meiner Nichte auf dem Spiel stand. Er hatte schon mehr für mich getan, als ich verdient hatte. Ich konnte ihn nicht mit hineinziehen. Es war meine Bürde, die ich zu tragen hatte.

Er hatte ein Kind, eine Tochter zu Hause. Es war kein Geheimnis, dass er ein alleinerziehender Vater war.

Ich wollte nicht riskieren, dass seine Tochter nicht mit einem Vater aufwächst und allein auf der Welt ist.

Und so lehnte ich jedes Mal ab, wenn er mir einen Job bei Eagle Tactical anbot. Das war nicht aus Stolz. Auch wenn er wahrscheinlich dachte, dass das der Grund war. Ich habe ihn in dem Glauben gelassen, dass ich ihn beschützen will.

Denn tief im Inneren war er immer noch mein Bruder.

Die Familie beschützt sich gegenseitig.

Und jetzt hatte ich seine Familie auseinandergerissen.

Ich ging das letzte Stück zum Tor hinauf und drückte auf den Summer des schmiedeeisernen Tores, das das Grundstück von Don DeLuca schützte.

Das war der letzte Ort, an dem ich sein wollte, aber Don Ricci hatte dafür gesorgt, dass ich bekam, was ich verdient hatte.

Der Verrat schmeckte bitter.

Ich biss mir auf die Zunge und verdrängte alle Emotionen, die sich zeigten. Ich tat das, um Skylar zu retten.

Und ich verdankte Jaxson mein Leben.

„Wir sind quitt", sagte ich leise in das Mikrofon, das ich heimlich trug. Von nun an schuldete ich weder Jaxson noch einem meiner Brüder etwas.

„Das werden wir ja sehen. Kopf runter, sei leise. Hör auf, die Aufmerksamkeit auf dich zu lenken", sagte Jaxson.

Er hatte recht.

Ich musste die Sache vorsichtig angehen. Wenn ich mit mir selbst, oder besser gesagt, mit Jaxson, rede, werde ich sterben.

Ich wollte nicht sterben. Und schon gar nicht heute.

Ich schlich mich an das Tor heran und drückte den Buzzer. Von oben konnte ich eine Wache ausmachen, die ihre Waffe auf den Turm richtete und bereit war zu schießen.

Hoffentlich hat Don DeLuca nicht erst geschossen und dann Fragen gestellt.

„Ja?" Eine schwere Männerstimme antwortete auf das Klingeln. „Kann ich dir helfen?"

„Mein Name ist Jayden Scott. Ich würde gerne mit deinem Chef Angelo DeLuca sprechen", sagte ich.

„Don DeLuca empfängt keine Gäste", antwortete die Stimme auf der anderen Seite der Sprechanlage.

„Ich habe Informationen über Enzo Ricci für ihn." Ich ging nicht weiter darauf ein.

Das Schloss am Tor klickte und der Eisenzaun öffnete sich, sodass ich eintreten konnte.

Ich trat vor und ging die Auffahrt hinauf zu DeLucas Grundstück.

Es kostete mich alle Kraft, nicht nach links und rechts zu schauen, wo in der Ferne Jaxson und sein Team auf das Gelände schlichen.

Peng!

Ich duckte mich und hörte, wie eine Kugel an meinem Kopf vorbeisauste.

Was zur Hölle? Wer hat auf mich geschossen? Eagle Tactical oder die Männer von DeLuca?

Rings um mich herum ertönten Schüsse.

„Ich stehe unter schwerem Beschuss", ertönte Masons Stimme in meinem Ohrhörer.

„Bin schon dabei", antwortete Jaxson und wechselte die Position. Ich beobachtete, wie er über den Hof durch die Hecken rannte, die an das schmiedeeiserne Tor stießen.

Er feuerte mehrere Schüsse ab und schaltete den Mann aus, der auf Mason geschossen hatte.

Aus allen Richtungen ertönten Schüsse. Ich war eine riesige Zielscheibe, die an meinem jetzigen Standort keine Deckung bot.

Ich eilte zum Vordereingang und zog meine Pistole aus dem Halfter an meiner Hüfte.

„Ich gehe rein", verkündete ich dem Team.

„Nein, ich gehe durch den Westeingang", sagte Lincoln, während er das Gebäude erklomm und auf den Balkon kletterte. „Sie werden erwarten, dass wir durch die Vordertür hereinkommen."

Wir hatten den Plan durchgesprochen, bei dem Lincoln sich an der Seite des Grundstücks am Efeu hochschlich. Ich sollte durch die Vordertür spazieren, eingeladen.

Es schien, als hätte sich der Plan geändert.

„Jayden, deine Tarnung ist aufgeflogen. Bleib mit Mason draußen. Ich gehe mit Lincoln rein, um die Mädchen zu finden und zurückzuholen", sagte Jaxson.

Ich behielt meine Position bei und schoss auf DeLucas Männer, als sie auf die Vordertür zusteuerten. Ich ließ sie nicht nach draußen gehen.

Um uns herum ertönten Schüsse aus allen Richtungen.

Auch von drinnen wurden Schüsse abgefeuert.

Was zum Teufel war da drinnen los?

KAPITEL ZWANZIG

ARIELLA

Ben zerrte mich vorwärts aus der Zelle und reihte mich hinter den anderen Mädchen ein, die in der nächsten Zelle neben uns saßen.

Wir hatten nicht viel zu ihnen gesagt.

Das Geräusch der Schüsse wurde lauter und kam näher.

War es Jaxson?

Waren die Jungs von Eagle Tactical gekommen, um uns zu retten?

Ich wollte bleiben, um zu kämpfen, um zu sehen, ob wir sie hinhalten und bei unserer Rettung helfen konnten, aber mit der Waffe auf meiner Haut und Ben, der die Hand am Abzug hatte, ich hatte keine andere Wahl.

Wir wurden die hintere Treppe hinaufgeführt, auf demselben Weg, auf dem wir hereingekommen waren. Als wir nach draußen geführt wurden, schaute ich Hazel an und hoffte, dass sie die gleiche Idee wie ich hatte.

Jetzt war es an der Zeit, zu kämpfen.

Ich stieß mit dem Ellbogen nach Ben und versetzte ihm einen Schlag in den Bauch und dann ins Gesicht, sodass seine Nase unter meiner Faust knackte.

Die anderen Mädchen keuchten und standen, wie erstarrt.

Sie kämpften nicht.

Sie liefen nicht weg.

Sie standen nur da und zitterten vor Angst.

Ich konnte mich nicht darauf verlassen, dass sie mir helfen würden.

Wo war Jaxson?

Die Schüsse fielen auf der gegenüberliegenden Seite des Geländes. Mehrere weitere Schüsse fielen im Inneren.

Ging es Harper gut? Was ist mit Izzie?

Ben packte mich an den Haaren und zerrte mich den Rest des Weges zum Van. Er warf mich hinein, und die anderen Mädchen folgten schweigend.

„Los!"

Hazel kletterte als Letzte hinein. Ihre Unterlippe zitterte, als sie sich neben mich setzte und sich an mich kuschelte.

Ben schlug die Wagentür zu und der Motor heulte auf. Das Fahrzeug ruckelte vorwärts, als wir vom Gelände fuhren.

Wo zum Teufel wollten sie uns hinbringen?

KAPITEL EINUNDZWANZIG

JAXSON

Ich kletterte das Efeuspalier an der Seite des Geländes hoch.

Wir mussten schnell handeln.

Lincoln war bereits oben, um sich zu vergewissern, dass wir in Sicherheit waren.

Schüsse ertönten, als ich das Fenster aufbrach und hineinkletterte . Ich konnte nicht schießen. Ich konnte mich kaum schützen, als ich meinen Körper durch den kleinen Raumkatapultierte .

Lincoln gab mir Deckung.

Zwei Männer von DeLuca lagen tot in einer Lache ihres eigenen Blutes.

„Wir müssen uns beeilen", sagte Lincoln.

Ich sprang auf die Füße, die Waffe im Anschlag und bereit zum Abschuss. Die taktische Ausrüstung beschwerte uns und machte es ein wenig unbequemer, über den Efeu zu klettern und durch das Fenster hineinzuklettern .

„Bin schon dabei", antwortete ich. Ich folgte Lincoln, der den Raum bereits ausgekundschaftet und sich vergewissert hatte, dass es dort, wo wir hineingegangen waren, sicher war.

Gemeinsam verließen wir das kleine Schlafzimmer und liefen in den Flur.

„Oben!", rief eine schroffe Stimme.

Mehrere Paar - Stiefel trampelten eilig die Treppe hinauf.

„Verstärkung", murmelte ich leise zu Lincoln.

Wir stellten uns an den Rand des Geländers und achteten darauf, nicht gesehen zu werden. Als DeLucas Männer die Treppe hinaufstürmten und blindlings schossen, gaben wir einen Schuss nach dem anderen auf ihre Köpfe ab, um ihnen den Todesstoß zu versetzen.

Wir waren nicht gekommen, um Gefangene zu machen. Wir waren hier auf einer Such- und Bergungsmission.

Jeder, der sich uns in den Weg stellte, war der Feind.

Das Gelände war mindestens zweistöckig. Ich vermutete, dass es auch einen Keller geben könnte. Die Mädchen konnten überall untergebracht sein.

Wir durchsuchten das Gelände von Raum zu Raum, nur wir beide. Die meisten Räume im Obergeschoss waren leer.

Draußen ertönten weitere Schüsse.

„Wir müssen uns beeilen", sagte ich. Es würde nicht lange dauern, bis weitere Männer die Treppe hochstürmten und nach uns suchten. Wir hatten das halbe Dutzend Soldaten niedergeschossen, die auf Vergeltung aus waren.

Lincoln öffnete eine Tür nach der anderen, und ich ging mit gezogener Waffe mit, bereit, jeden auszuschalten, der sich uns in den Weg stellte, um unsere Familien zu finden.

Als ich die Tür aufriss, starrte ich Izzie an, die mit Skylar und einem Teenager-Mädchen an einem Kindertisch saß und eine Teeparty feierte.

„Daddy!", rief Izzie. Sie sprang von ihrem Stuhl auf. Der winzige Holzsitz fiel auf den Boden, als sie durch den Raum rannte.

„Nicht bewegen", ertönte DeLucas Stimme von hinten.

Ich hörte das Klicken der Sicherung, als ich den Lauf der Waffe an meinem Hinterkopf spürte.

KAPITEL ZWEIUNDZWANZIG

ARIELLA

„Bist du okay?", flüsterte ich Hazel zu.

Wir saßen zusammengekauert auf dem Rücksitz eines Lieferwagens. Die Dunkelheit umgab uns.

Es waren mehr als nur wir beide. Fast ein Dutzend Frauen waren im hinteren Teil des weißen Lieferwagens zusammengepfercht, demselben Fahrzeug, mit dem wir vor kurzem hierhergebracht worden waren.

„Nein", murmelte Hazel. „Das ist alles nicht in Ordnung."

Ich wusste das.

„Wir kommen hier lebend raus", sagte ich.

„Wie?", fragte Hazel. „Als Sexsklaven? Da würde ich mir lieber eine Kugel in den Kopf jagen."

„Sag so etwas nicht", sagte ich. „Wir tun, was wir tun müssen, um zu überleben. Wir können gegen diese Männer kämpfen. Soweit ich das beurteilen kann, gibt es nur einen, der uns antreibt. Wenn wir dort ankommen, wo sie uns hinbringen, kämpfen wir."

„Das wird nicht funktionieren", sagte ein anderes Mädchen. Ich habe ihre Stimme nicht erkannt. Sie war rau und brüchig. Sie klang ausgedörrt. „Wenn du kämpfst, wirst du gefesselt, geschlagen, vergewaltigt und so weiter. Die Männer wechseln sich ab, und wir müssen alle zusehen."

„Wie lange bist du schon bei diesen Männern?" fragte ich.

Ich war mir nicht sicher, ob ich das wissen wollte, aber es war klar, dass sie schon eine Weile dabei war, um zu sehen, was passierte, wenn die Gefangenen sich wehrten.

„Nicht lange, ein paar Wochen. Einige der Mädchen wurden zwischen den Familien hin- und hergeschoben. Gekauft, benutzt und verkauft wie Müll. So behandeln sie uns, und du hast Glück, wenn ihr Interesse sexuell und nicht masochistisch ist", sagte sie.

Ein Schauer durchlief mich.

„Gezwungen zu werden, Franco Ivanov zu heiraten, hört sich plötzlich wie ein Picknick an", murmelte Hazel.

Ich legte einen Arm um ihre Schulter und versuchte, ihr so gut es ging zu versichern, dass wir das hier lebend überstehen würden.

Ich war mir nur nicht sicher, wie.

————

Mit einer Waffe an der Schläfe kann man sich nicht wehren.

Zwei Männer standen vor dem Lieferwagen Wache. Der eine hielt uns eine Pistole an den Kopf, während wir aus dem Fahrzeug kletterten, der andere legte jedem von uns ein Halsband um den Hals.

Ein dritter Wächter wartete nur ein paar Meter entfernt, eine schwarze Fernbedienung in der Hand.

„Will sich denn niemand wehren?", fragte er kichernd und legte den Kopf schief. „Das ist aber schade." Er drückte auf den Knopf, sodass ein Stromstoß durch alle Körper gleichzeitig floss.

Ich fiel auf den Boden. Meine Augen zogen sich vor Schmerzen zu.

Alles in mir schmerzte, als würde ein Blitz durch meine Adern brennen. Ich rang nach Atem. Mein Herz hämmerte in meiner Brust.

Die Elektrizität hielt nur ein paar Sekunden an, aber es fühlte sich wie eine Ewigkeit an.

„Es wird keinen Ungehorsam geben", sagte der Mann, „oder ihr werdet alle den Preis dafür zahlen."

Wir waren miteinander verbunden. Wir alle wurden gezwungen, die Folter gemeinsam zu ertragen.

Die Halsbänder waren ihre Methode der Kontrolle. Es gab keine Möglichkeit, zu entkommen.

KAPITEL DREIUNDZWANZIG

JAXSON

„Nicht schießen, Angelo", sagte ich und hielt meine Hände hoch.

„Für dich ist es Don DeLuca", sagte Angelo.

„Ich bin dran", sagte Mason durch den Ohrhörer.

Gut, er hatte die Nachricht erhalten, dass wir in Schwierigkeiten steckten und zusätzliche Verstärkung brauchten.

Ich hoffte, er würde noch rechtzeitig kommen.

Lincoln weigerte sich, seine Waffe zu senken, als er sie quer durch den Raum auf Angelo richtete. Er verringerte den Abstand, als er nach vorn trat.

„Tu ihm nicht weh!" Skylar sprang von ihrem Platz am Tisch auf, wo sie mit Izzie und dem Teenager-Mädchen Tee getrunken hatte.

„Was machst du da?" Don DeLucas Augen verengten sich, als er die junge Frau musterte.

„Izzie, komm her", sagte Skylar und streckte ihre Arme aus, um meine Tochter vor DeLuca zu schützen.

Die Augen meiner Tochter tränten, als sie von Skylar zu mir zurückblickte. Ihre Unterlippe zitterte.

„Geh mit Skylar", sagte ich und versuchte verzweifelt, mein kleines Mädchen zu schützen.

Es war klar, dass Izzie nicht wusste, was sie tun sollte.

Ich musste sie beschützen, aber das war schwierig, wenn ich den Lauf einer Waffe an meinem Hinterkopf hatte.

„Die Zeit ist um", ertönte Masons Stimme hinter DeLuca, als er im Flur stand. „Du lässt sie gehen, oder ich beende dein unbedeutendes Leben."

„Erschieß mich", sagte DeLuca. „Glaubst du wirklich, es ist vorbei? Deine Mädchen sind weg."

Skylar schnappte sich Izzie und zog sie hinter ihre Beine, um sie vor der Gefahr zu schützen.

Mason zog ein Paar metallene Handschellen aus seiner Gürtelschlaufe und drückte DeLuca die Hände hinter den Rücken, um seine Handgelenke zu fixieren.

„Was meinst du damit, sie sind weg?" wetterte Lincoln.

Izzie stürmte mit erhobenen Armen an Skylar vorbei zu mir.

Ich zog sie in meine Arme und drückte sie nur kurz an mich. Ich wollte den Moment genießen und ihr versichern, dass alles in Ordnung ist und sie in Sicherheit ist, aber wir waren nicht zu Hause.

Es hätte unzählige andere Männer geben können, die bereit gewesen wären, zuzuschlagen.

Ich hoffte nur, dass Izzie nicht mehr in Gefahr war.

Wo waren die anderen?

Wo waren Ariella, Hazel und Harper?

———

Während DeLuca festgenommen wurde, durchsuchten wir das Gelände und erschossen jeden, der eine Waffe trug.

Die meisten seiner Männer flohen. Die wenigen, die geblieben waren, haben wir niedergeschossen. Sie hatten uns keine andere Wahl gelassen.

Mit erhobenen Waffen gingen wir die Treppe hinunter in den Keller.

DeLuca begleitete uns, die Arme mit Metallmanschetten hinter dem Rücken gefesselt. Skylar, Izzie und das Teenager-Mädchen standen bei Mason und hielten Wache, um sie zu schützen, falls Angelo etwas Dummes versuchen sollte.

„Hier unten ist niemand. Ich sage dir, die Mädchen sind weg", sagte DeLuca.

Er wirkte nicht im Geringsten entschuldigend oder zerknirscht.

„Wie wär's, wenn wir uns selbst davon überzeugen?" Ich ging mit gezogener Waffe voraus und vergewisserte mich, dass nicht noch mehr Männer mit Waffen auftauchten.

„Hilfe!" Harpers Stimme ertönte aus dem Kellergeschoss.

„Harper?" Lincoln eilte an mir vorbei zur Gefängniszelle, während ich mich vergewisserte, dass sich keine weiteren Wachen in der Kellerzelle versteckt hielten.

Der Korridor schlängelte und drehte sich.

Die Leuchtstoffröhren über den Gängen flackerten und brutzelten.

Ich schaute an den leeren Gefängniszellen vorbei und erreichte das Ende, bevor ich mich umdrehte, um zu den anderen zurückzukehren.

Lincoln schnappte sich einen Schlüsselbund, der an der gegenüberliegenden Wand hing, und schloss die Metalltür auf. Er half Harper auf die Beine und musterte sie mit einem schnellen Blick. „Hier, ich helfe dir auf." Er reichte ihr seine Hand.

„Ich habe dir gesagt, dass sie weg sind", sagte DeLuca. „Sie kommen nicht zurück in die Einrichtung. Zumindest die Mädchen nicht." Er grinste verschmitzt.

Mein Magen krampfte sich zusammen und ich stürzte nach vorne, zerrte ihn an den Haaren und hielt ihm meine Waffe ans Kinn, die nach oben gerichtet war.

„Wo hast du sie hingeschickt?"

Ariella und Hazel waren immer noch da draußen und konnten inzwischen überall sein.

Ich tippte auf meinen Ohrstöpsel, der mich mit Declan und Aiden verband, die wieder im Büro waren.

„Ich brauche Augen am Himmel. Wir haben Harper, Skylar und Izzie, aber Hazel und Ariella wurden vom Grundstück weggebracht ."

Ich habe meine Waffe entsichert. „Du wirst mir sagen, wohin du die Mädchen bringst."

„Wir sind mit einem weißen Lieferwagen auf das Gelände gekommen", sagte Skylar.

„Wir suchen nach einem weißen Lieferwagen", wiederholte ich gegenüber Aiden und Declan.

Aiden war ein Guru im Umgang mit Computern, Satellitenüberwachung und dem Hacken von allem und jedem, auch von streng geheimen Regierungsservern. Ich vertraute darauf, dass er uns einen Blick auf den Van verschaffen konnte.

„Weißt du, in welche Richtung sie gefahren sind?", fragte Declan.

„Lincoln, bring die Mädchen nach draußen. Ruf einen Krankenwagen, wenn Harper untersucht werden muss", sagte ich.

Ich wollte nicht, dass Izzie oder die anderen sehen, was ich bereit war zu tun, um Ariella zu finden.

„Jaxson." In Lincolns Stimme lag ein Hauch von Warnung. „Wir haben DeLuca. Warum liefern wir ihn nicht an die Behörden aus? Wir könnten ihre Hilfe gebrauchen, um die anderen Mädchen aufzuspüren."

Natürlich würde Lincoln das örtliche Sheriffs - Department kontaktieren wollen, jetzt, wo wir Harper hatten und sie in Sicherheit war.

Ich konnte nicht riskieren, dass sie sich einmischen und unsere Operation ruinieren. Wir haben für solche Situationen trainiert und hatten viel mehr Erfahrung als das örtliche Sheriffsdepartment in Breckenridge.

„Das ist keine Option", sagte ich schroff. „Wir machen das auf eigene Faust."

„Was ist mit DeLuca?", fragte Lincoln und schaute ihn an.

„Ich werde die Informationen aus ihm herausholen."

Es gab zwar einige Grenzen, die ich nicht überschreiten wollte, aber wenn es um meine Familie und meine Freunde ging, würde ich alles tun, um sie zu retten.

KAPITEL VIERUNDZWANZIG

Jayden

Ich hielt vor dem Gelände Wache.

Obwohl ich am liebsten drinnen gewesen wäre, um Skylar und die anderen zu retten, war mir klar, dass jemand Wache stehen und Ausschau halten musste.

Wenn DeLucas Männer fliehen wollen, werde ich das nicht zulassen.

Die Schüsse im Inneren waren nach einiger Zeit verstummt.

Ich hätte mir Sorgen gemacht, wenn ich nicht über einen Ohrhörer verbunden gewesen wäre und die Gespräche zwischen den Männern von Eagle Tactical hätte hören können.

Lincoln trat zuerst durch die Vordertür ins Freie.

Ich senkte meine Waffe und achtete darauf, nicht auf ihn zu schießen.

Skylar folgte ihm und hielt Izzies Hand.

Ich atmete erleichtert auf und war dankbar, dass es den beiden gut ging. „Ich bin froh, dass ihr in Sicherheit seid", sagte ich.

Skylar ließ Izzies Hand los und holte mit der Faust aus, um mir einen Schlag ins Gesicht zu versetzen.

„Du Mistkerl!", brüllte Skylar mich an.

Okay, vielleicht hatte ich das verdient. Ich wusste zwar nicht, was Enzo getan hätte, aber ich hätte sie niemals in mein Chaos hineinziehen dürfen. Es war egoistisch und unverantwortlich von mir, eine Zivilistin an Bord zu holen.

„Du hast recht. Ich bin ein Arschloch", sagte ich.

Sie zog eine Augenbraue hoch.

Hatte sie erwartet, dass ich mich wehren würde?

Ich rieb mir die Wange. Es brannte wie die Hölle, aber ich würde es überleben. Es war nichts, was ein Eisbeutel und ein paar Aspirin nicht kurieren konnten.

Spielten mir meine Augen einen Streich? Hinter Skylar zögerte eine junge Brünette. Ihre blassblauen Augen starrten mich an.

„Lexa!", rief ich meiner Nichte zu und eilte an Izzie und Skylar vorbei nach vorn.

Lexa warf ihre Arme um meinen Hals. „Onkel Jayden", flüsterte sie, bevor die Schluchzer ihren Körper durchfuhren.

Ich nahm sie in die Arme und ließ sie nicht zu Boden sinken.

„Geht es dir gut?" Es war eine furchtbare Frage, die dümmste, die ich hätte stellen können, aber ich hatte sie trotzdem gestellt.

„Wir sollten die Mädchen in den Truck bringen", sagte Lincoln. „Wir wollen nicht hier draußen stehen, falls DeLuca Verstärkung holt."

„Jawohl."

Lincoln war gut darin, das Kommando zu übernehmen und ein Team zu befehligen. Ich folgte seiner Führung.

Skylar hielt Izzie an der Hand und folgte Lincoln, während ich einen Arm um Lexa legte und sie über den Rasen, durch das offene Tor und auf die andere

Seite, direkt hinter der Straße, wo der Truck geparkt war, begleitete.

„Was ist mit Daddy?", fragte Izzie.

„Ja? Wo sind Jaxson und Mason?" fragte ich.

Ich hatte kurz in der Übertragung gehört, dass sie zurückgeblieben waren, um DeLuca zu verhören. Ich wusste nicht, wozu sie außerhalb eines Kriegsgebiets fähig waren.

Aber wenn die eigene Familie in Gefahr war, bedeutete das Krieg.

Auf der Suche nach Lexa war ich diesen Weg schon gegangen.

„Informationen beschaffen", sagte Lincoln. Er ging nicht weiter darauf ein.

Wir eilten zum Auto, öffneten die Hintertür und ließen die Mädchen zuerst einsteigen. Izzie kletterte auf den Rücksitz, Skylar auf die eine Seite und Lexa auf die andere.

„Ich will meinen Daddy", sagte Izzie. Es fiel ihr schwer, auf dem Rücksitz stillzusitzen.

Das Kind brauchte wahrscheinlich einen Kindersitz, der in Jaxsons Truck war.

„Wie wäre es, wenn wir ein Spiel spielen?", sagte Skylar. „Ich erspähe mit meinen Augen etwas Gelbes."

„Die Sonne!" quiekte Izzie.

Skylar lachte. „Ja, du bist dran."

Lexa griff nach meinem Arm, als ich vor der Tür des Trucks stand und Wache hielt.

„Was wird mit mir passieren? Ich meine, jetzt, wo meine Eltern weg sind?", fragte Lexa und ihre Unterlippe zitterte.

„Du kommst mit und bleibst bei mir", sagte ich.

Ich hatte die feste Absicht, sie mit nach Hause zu nehmen. Ich wusste zwar nicht, wie man einen Teenager erzieht, aber ich wollte sie nicht zu einer Pflegefamilie schicken .

Lexa streckte ihre Arme aus und drückte sich an mich.

Sie schluchzte an meiner Brust.

Ich war es nicht gewohnt, dass Mädchen weinen, schon gar nicht Kinder. Nun, sie war fünfzehn, nicht gerade ein Kind, aber trotzdem brauchte sie ein Vorbild. Und ich war die letzte Person auf der Welt, zu der Lexa aufschauen sollte.

„Ich habe dich", sagte ich und klopfte ihr auf den Rücken, während ich sie festhielt. „Ich werde nicht zulassen, dass dir jemals wieder jemand wehtut."

Skylar warf einen Blick in meine Richtung. Ein Stirnrunzeln zeichnete sich auf ihrer Stirn ab. Sie öffnete ihren Mund, schloss ihn aber schnell wieder.

Lächelnd richtete Skylar ihre Aufmerksamkeit wieder auf Izzie und ihr kleines Spiel.

„Ich sehe, Daddy!" Izzie quietschte. Sie deutete auf Jaxson, der mit Mason auf den Truck zueilte. Seine Hände waren blutverschmiert, seine Hose war genauso schmutzig.

Ich wagte nicht zu fragen, was sie mit DeLuca gemacht hatten. Der Bastard hatte alles verdient, was ihm bevorstand.

Jaxson war der Erste, der sich dem Truck näherte. Er wischte sich die schmutzigen Hände an seiner Hose ab, als ob das die Erinnerungen und das Blutvergießen auslöschen würde.

„Um Mitternacht findet eine Auktion statt", sagte Jaxson. „Wir müssen dort sein. Ich habe die GPS-Koordinaten in meinem Handy."

„Was ist mit DeLuca?", fragte ich. „Müssen wir uns Sorgen machen, dass er seine Männer warnt?"

Mason atmete schwer aus. „Er redet nicht."

KAPITEL FÜNFUNDZWANZIG

ARIELLA

Ich erwartete, dass man mich in einen Keller oder ein Untergeschoss werfen würde, hinter Metallstäben auf einer schmuddeligen Oberfläche, die mich um mein Leben fürchten ließ.

Das elektrische Halsband drückte auf meine Haut. Aber die Männer, die uns entführt hatten, brachten uns in ein Haus, das eher einer Festung glich.

Von außen war es schwer bewacht, noch mehr als der letzte Ort, an den wir gebracht worden waren. Während das letzte Gefängnis eine Arrestzelle war, die uns buchstäblich festhielt, bis wir unser nächstes Ziel erreichten, war dieses Gefängnis ganz anders.

Die Lichter wurden gedämpft, als wir eintraten. Es dauerte einen Moment, bis sich meine Augen daran gewöhnt hatten.

Ich folgte den anderen Mädchen und wir blieben dicht beieinander, als die Männer uns durch den langen Flur und die Treppe nach oben schoben.

Auf der Treppe nach oben lag ein dunkelroter Teppich. Meine Stiefel sanken in das plüschige Material ein.

War Jaxson in der Lage, uns zu verfolgen?

Ich wollte glauben, dass er uns holen und retten würde. Es war nur eine Frage der Zeit, bis wir aus diesem Schlamassel herauskommen würden.

Eine Wache öffnete die Tür auf der rechten Seite, und wir wurden alle hineingelassen, bevor die Tür hinter uns zuschlug.

Eine Frau Mitte siebzig mit einem rosa Satingewand trat aus dem Schatten. „Kommt näher", sagte sie und machte eine Geste, um näherzukommen.

Als wir langsam näherkamen, holte sie ein kleines Handgerät hervor, dieselbe schwarze Fernbedienung, mit der der Wachmann uns zuvor alle geschockt hatte.

Sie drückte auf den Knopf und verursachte einen Schmerzschock in meinem Nacken.

Ich krümmte mich vor Schmerzen.

Feuer brannte auf meiner Haut, als ich erschauderte und auf die Knie fiel. Meine Hände griffen instinktiv nach dem Halsband, aber ich konnte es nicht entfernen.

„Ich bin Diamond und denkt daran, meine Damen, dass ich nicht zweimal frage", sagte die Frau mit einem strengen Ausdruck auf dem Gesicht.

War das überhaupt ihr richtiger Name, Diamond?

War sie einmal in ihrem Leben eine von uns gewesen, oder leitete sie die Operation?

Sie hatte nicht einen Funken Mitgefühl.

Wir eilten näher heran, aus Angst, wieder von der Verrückten mit der Fernbedienung angezapft zu werden.

„Sehr gut", sagte Diamond mit einem Glitzern in den Augen. „Ihr werdet sehen, dass das alles schnell und schmerzlos geht, wenn ihr meine Anweisungen beim ersten Mal befolgt."

Sie hielt einen Moment inne und schritt langsam zum Fenster, das hinter ihr lag. Es war mit gusseisernen Gittern versehen, die verschlossen waren.

Ich stellte mir vor, dass die Tür auch hinter uns verschlossen war. Ich versuchte nicht, mich zu befreien. Das würde nicht so einfach gehen, nicht mit Dutzenden von bewaffneten Wachen in und um das Gebäude.

„Heute Abend werdet ihr Mädchen die fabelhaftesten und wertvollsten Gäste für die Abendveranstaltung sein. Wie ich, ein Diamant, müsst ihr glänzen, funkeln und schimmern. Ich erwarte von jeder von euch, dass ihr schnell duscht. Danach werdet ihr angezogen, und wir werden euch schminken und frisieren. Höre ich irgendwelche Einwände?", fragte sie und zeigte den schwarzen Knopf in ihrer Handfläche.

Keiner sprach.

„Perfekt. Seid nicht schüchtern. Ihr seid die Juwelen des Abends und als solche werdet ihr herumgereicht, um begutachtet, angefasst und gründlich inspiziert zu werden."

Mein Magen knurrte.

Wir waren keine Juwelen.

Wir waren Menschen.

Und obwohl ich es zu schätzen wusste, dass sie uns wenigstens nicht als Sexsklaven bezeichnete, waren wir genau das: in die Sklaverei verkauft. Egal, wie man es betrachtete, diese Frau war krank.

Die Frau zeigte auf mich. „Du wirst die Erste sein, Schätzchen. Wie ist dein Name?"

Ich starrte sie an, unsicher, was ich sagen sollte.

Sie brummte vor sich hin. „Nun, ich habe nicht den ganzen Tag Zeit."

„Ariella", flüsterte ich, weil ich befürchtete, Diamond könnte mich mit ihren zuckenden Fingern umhauen.

Ihre Augen blinzelten, als sie mich anstarrte. Ihre Hand griff nach meinem Kiefer, während sie mein Gesicht von einer Seite zur anderen musterte. „Das ist nicht gut. Von heute Abend an bist du Jade. Jetzt beeil dich und wasch dich. Du musst für die Auktion heute Abend vorzeigbar sein."

Ich habe mich nicht bewegt. Meine Füße waren wie angewurzelt.

„Beeil dich, wir haben nicht den ganzen Tag Zeit", sagte Diamond.

Sie schnippte mit den Fingern. Gott sei Dank drückte sie nicht schon wieder den verdammten Summer.

Ich eilte durch den Raum, wo eine Wache stand, und zeigte auf die offene Tür.

Sie führte zu einem angeschlossenen Bad mit mehreren einzelnen Duschkabinen. Ich fühlte mich, als wäre ich wieder auf dem College, was schon vor einer Ewigkeit war .

Hazel war ein paar Meter hinter mir. „Anscheinend sehe ich aus wie Violet. Warum sie mich nicht Hazel sein lassen konnte, ist mir ein Rätsel", murmelte sie.

Ich grinste sie an. „Sie liebt lila."

Jetzt war nicht der richtige Zeitpunkt, um unsere Wachsamkeit zu vernachlässigen. Wir mussten abwarten, aber vorsichtig sein. Ich musste mich ausziehen, aber ich hatte keine Lust, in der Nähe dieser Monster zu duschen.

Eine Wache stand am Eingang zum Bad. Es gab zwar Trennwände für jede Kabine, aber keinen Vorhang und schon gar keine Privatsphäre.

„Müssen wir das beim Duschen anlassen?", fragte ich und deutete auf das Halsband. „Ich will nicht vom Wasser gezappt werden."

„Die Einzige, die dich zappt, ist Madam Diamond selbst oder einer der ranghohen Wächter", sagte der uniformierte Wächter.

Ich atmete schwer aus, rührte mich aber nicht von meiner Position in der Kabine. Ich hatte mich noch nicht ausgezogen.

„Die Uhr tickt. Du hast fünf Minuten hier drin. Wenn du dann nicht blitzsauber bist, kannst du darauf wetten, dass die Halskette wie Weihnachten leuchtet."

Wunderbar.

Langsam zog ich mich aus und ließ mein Handy in meinem Stiefel verschwinden. Welche andere Wahl hatte ich denn?

Es war nicht nur eine Drohung. Ich hatte schon einmal den Stachel der Elektrizität gespürt und wollte ihn auf keinen Fall noch einmal spüren. Ich würde ihre Befehle befolgen, um zu überleben. Ich musste Jaxson und dem Eagle Tactical Team nur ein wenig mehr Zeit geben.

Sie waren auf dem Weg zu uns, und selbst wenn es einen Handy-Störsender gab, wie am letzten Ort, mussten sie das Signal aufgefangen haben, als wir draußen oder im Van waren.

Ich klammerte mich an diesen kleinen Funken Hoffnung, während ich nach vorn trat und den Duschstrahl einschaltete.

Ich konnte Hazel zwar nicht sehen, weil die Milchglasscheibe zwischen uns stand, aber ich konnte hören, wie sie sich auszog und herum schlurfte.

Der Duschstrahl erwärmte sich, und ich trat darunter. Es war wie ein Regenschauer, der auf mich niederprasselte und mich von Kopf bis Fuß durchnässte.

Ich ließ mich vom Wasser einhüllen, als ich mit der Dusche eins wurde. Ich wollte den Dreck und das Trauma, das ich bereits erlitten hatte, abwaschen, aber ich wusste, dass das töricht war.

Wie sollte ich mich entspannen, wenn ich noch weit davon entfernt war, sicher zu sein?

„Zwei Minuten Vorwarnung, Jade", sagte der Wärter.

An der Wand stand ein Spender für Seife und Shampoo.

Ich beeilte mich, den Gestank, der mich umgab, zu beseitigen. Der Schmutz, der mich bedeckte, war eine unsichtbare Schicht, die von Ben und anderen erzeugt wurde, wie den Männern, die Wache hielten, und Diamond, die mit der Fernbedienung bereit war, jedem, den sie für unwürdig hielt, Schmerzen zuzufügen.

Schaum bedeckte mich, und so schnell wie der Regenschauer mich durchnässt hatte, war er auch schon wieder vorbei.

Die Dusche wurde ohne meine Zustimmung abgeschaltet.

Der Wärter warf ein graues Handtuch in meine Richtung. „Trockne dich ab und wirf deine Sachen in den Mülleimer." Er zeigte auf einen riesigen Mülleimer am Ausgang des Badezimmers.

Scheiße, mein Handy war in meinen Schuhen vergraben.

Wenigstens würde es unbemerkt an bleiben. Ich würde es nicht an mir befestigen können, ohne gesehen zu werden. Selbst mit nur einem Handtuch hatte der Wachmann nicht einmal weggeschaut.

Privatsphäre gab es anscheinend nicht in seinem Wortschatz.

Ich wollte eine kluge Bemerkung darüber machen, ob er ein Foto gemacht oder hatte er noch nie eine nackte Frau gesehen, aber ich hielt mich zurück. Ich wollte mir nicht Diamonds Zorn zuziehen oder ihn der Gruppe von Mädchen aufzwingen.

Sie würden mich hassen, wenn ich die Einzige wäre, die sich wehrt und wir alle die Konsequenzen zu spüren bekämen.

————

Eine von Diamonds Assistentinnen, sie hieß Iris, zog mir ein schwarzes Satinnegligé mit dünnen Trägern an, das zu viel Dekolleté zeigte und kaum meinen Hintern bedeckte.

Ich fühlte mich nackt.

Das war wahrscheinlich der Grund dafür.

Ich durfte mein Höschen nicht wieder anziehen, also zog ich den Saum des Kleides immer weiter nach unten, nur damit noch mehr von meinen Brüsten zu sehen war.

Wunderbar. Ich würde für einen Haufen perverser Männer zur Schau gestellt werden.

Meine Hände zitterten und ich verschränkte sie in meinen Armen, um wenigstens einen Anschein von Bescheidenheit zu wahren.

Ich fühlte mich nicht im Geringsten wohl. Obwohl das angesichts der bewaffneten Männer und des

Halsbandes an meinem Hals die letzte Sorge sein sollte, war es trotzdem beunruhigend.

Iris steckte mein Haar in Locken, steckte einen Teil davon hoch und ließ ein paar lange Strähnen im Nacken.

Sie hat mich auch geschminkt und dabei besonders auf meine Augen und Lippen geachtet.

Es gab keinen Spiegel. Ichwusste nicht , wie ich aussah, aber nach dem Aussehen der anderen Mädchen zu urteilen, hatten sie es mit dem Eyeliner und dem Lippenstift ein wenig übertrieben.

Ich habe mich ohnehin kaum geschminkt, und wenn, dann nur mit etwas Gloss oder farbigem Balsam für meine Lippen. Das hier fühlte sich wie ein Overkill an.

Es war schon vor Stunden dunkel geworden.

Mein Magen grummelte.

Die Wachen hatten Pizza zum Essen mitgebracht, aber wir hatten nur Wasser bekommen.

Wollten sie uns aushungern? Uns zum Gehorsam zwingen?

Wir befolgten bereits jeden ihrer Befehle.

Das Licht wurde gedimmt und flackerte.

Hazel und ich tauschten einen kurzen Blick aus.

„Mädels!" Diamond klatschte in die Hände, um unsere Aufmerksamkeit zu bekommen. „Es ist an der Zeit, euch unseren Gästen vorzustellen. Ihr dürft heute Abend nur den Namen benutzen, den wir euch gegeben haben. Überall innerhalb und außerhalb des Grundstücks sind Kameras angebracht. Wenn wir auch nur den geringsten Verdacht auf Verrat haben, werdet ihr zusammen mit euren Schwestern bestraft", sagte Diamond.

Sie ließ uns alle in einer Reihe aufstellen, Hazel und mich als letzte in der Reihe. Ich hatte es nicht eilig, die Männer unten zu treffen. Wahrscheinlich waren es Männer wie Ben, die ihre schmutzigen Hände an uns legen wollten.

Diamond ließ die anderen Mädchen auf den Flur hinausgehen. Sie stellte sich der Schlange in den Weg und hinderte mich daran, vor Hazel hinauszugehen.

„Ihr zwei seid nicht wie die anderen Mädchen", sagte Diamond. Sie trat näher heran. Ihr Blick schweifte über uns, was mir einen Schauer über den Rücken jagte.

Meine Hände zitterten, aber ich versuchte, sie es nicht sehen zu lassen.

Hazel und ich blieben stumm.

„Es spielt keine Rolle, was ihr in eurer Vergangenheit getan habt, um dieses Leben zu verdienen", sagte Diamond. „Ich gebe euch allen einen Rat, den ihr weise nutzen solltet. Wenn ihr diese Männer heute Abend unterhaltet, werdet ihr vielleicht wie ich in Glückseligkeit gebadet sein."

Sie griff in ihre Tasche und zog ein goldenes Armband heraus. Sie ergriff meinen Arm und legte das Metall über meinen Arm, um es zu fixieren. „Wir werden jedes Wort hören, das du sagst, Jade", sagte Diamond.

Ich schluckte den Kloß in meinem Hals hinunter.

Diamond holte ein zweites Armband hervor und legte es um Hazels Handgelenk.

„Jetzt geh. Lasst die Feierlichkeiten beginnen", sagte Diamond. Sie trat zur Seite und ließ uns zu den Mädchen aufschließen, die barfuß die Treppe hinuntergingen.

KAPITEL SECHSUNDZWANZIG

JAXSON

Auf dem Weg zurück zu Eagle Tactical parkte ich den Truck vor der Tür.

Mason stieg zuerst aus und ging hinein, um mit Declan und Aiden zu sprechen. Er wollte wissen, was mit Hazel los ist und ob sie neue Informationen haben, seit wir uns ein paar Minuten zuvor das letzte Mal bei ihnen gemeldet haben.

Lincoln hielt neben mir an und stellte den Motor ab. „Ich fahre in die örtliche Klinik, damit sie sich Harper ansehen.

„Mir geht's gut!", sagte Harper und winkte ihm abweisend mit der Hand zu.

Er warf ihr einen Blick zu. „Dir vielleicht, aber ich muss wissen, dass es unserem Baby auch gut geht."

Lexa und Jayden kletterten von der Rückbank. Sie waren mit Lincoln zurückgefahren.

„Was dagegen, wenn wir mitkommen? Lexa sollte sich wahrscheinlich von einem Arzt untersuchen lassen."

„Mir geht's gut, Onkel Jayden", sagte Lexa und rollte mit den Augen. „Ich will nur nach Hause, ein heißes Schaumbad nehmen und mich entspannen."

Jayden hielt inne, wahrscheinlich wartete er darauf, dass einer von uns etwas sagen würde.

Ich schnallte Izzie auf dem Rücksitz meines Trucks ab und öffnete die Haupttür. Ich hielt inne und stieß einen schweren Seufzer aus.

Ich war mir nicht sicher, wann ich Skylar mitteilen sollte, dass ihre Einladung, bei mir zu bleiben, zurückgezogen wurde. Jetzt schien ein guter Zeitpunkt dafür zu sein.

„Skylar, du musst dir einen anderen Ort zum Pennen suchen. Du kommst nicht mit uns nach Hause, außer um deine Koffer zu packen."

Skylars Augen weiteten sich. „Wir sind eine Familie, Jaxson. Du kannst mich nicht hinausschmeißen."

„Und ob ich das kann!" Meine Stimme wurde lauter, als ich sprach. „Du hast gerade meine Tochter und meine Freundin entführen lassen. Wenn es nach mir ginge, würde ich dich nie wieder sehen wollen." Ich weigerte mich, meinen Blick zu senken.

Sie musste wissen, dass das, was sie getan hatte, weh tat. Es ging über Verrat hinaus. Sie hatte mir ins Herz geschnitten und mich bluten lassen.

„Ich habe noch zu tun. Wir müssen immer noch Hazel und Ariella aufspüren. Ich erwarte, dass du deinen Scheiß aufräumst und weg bist, wenn ich heute Abend nach Hause komme."

Skylar schob ihre Hände in ihre Jeans. „Wenn es das ist, was du willst."

„Ich traue dir nicht, und solange du mit ihm zusammen bist", sagte ich und zeigte auf Jayden, „bist du in meinem Haus nicht willkommen."

Sie öffnete ihren Mund, um etwas zu sagen, schloss ihn aber genauso schnell wieder.

Gut so. Ich wollte keine lahmen Ausreden hören, um zu rechtfertigen, was sie getan hatte.

Ich stürmte ins Gebäude und ließ Skylar draußen stehen, ohne sie mitzunehmen. Jayden oder Lincoln konnten ihr helfen, wenn sie dazu bereit waren.

Es war zweifelhaft, dass Lincoln Skylar Hilfe anbieten würde.

Sie hatten sich vor Monaten angefreundet, bevor er sich in Harper verliebt hatte, und sie hatte ihn verraten, genau wie sie mich verraten hatte.

———

Izzie saß an dem Tisch, an dem Ariella arbeitete. Wir hatten den Computer umgestellt und Izzie einen Bleistift und eine Handvoll bunter Stifte gegeben, mit denen sie auf einem leeren Computerpapier herumkritzeln konnte.

Wir waren nicht auf ein Kind im Büro vorbereitet. Ich hatte weder Buntstifte noch ein Malbuch dabei, obwohl ich diese Dinge normalerweise in einer Ersatztasche im Truck aufbewahre, hatte ich sie heute nicht zur Hand.

Ich hatte nicht vor, einen Ausflug zu machen.

„Sag mir, dass du etwas hast", sagte ich zu Aiden.

Er tippte fleißig auf seiner Tastatur herum.

Mason stand auf der gegenüberliegenden Seite, die Arme vor der Brust verschränkt, mit ernster Miene und angespanntem Kiefer.

„Ich habe einen aktuellen Standort von Ariellas Handy, der mit dem übereinstimmt, den DeLuca uns gegeben hat", sagte Aiden.

Er kritzelte die Information auf einen Zettel und reichte ihn mir.

„Danke", sagte ich unwirsch.

„So kannst du nicht zur Auktion gehen", sagte Declan, als er mit einer frischen Tasse Kaffee in der Hand ins Büro kam. Er nippte an seiner Tasse und stellte sich an den Türrahmen.

„Was ist denn so schlimm an meiner Kleidung?", fragte ich und warf einen Blick auf meine Kleidung. Meine dunkelblaue Jeans hatte einen Blutfleck, und mein Hemd sah auch nicht besser aus.

Er hatte nicht Unrecht. „Hast du etwas, das ich mir ausleihen kann?" Ich bezweifelte, dass sie im Büro Ersatzkleidung aufbewahren. „Oder ziehe ich dir die Kleider vom Leib?", fragte ich.

„Du kannst nicht in die Auktion gehen", sagte Jayden.

Ich warf einen Blick hinter mich, als er herbeieilte, um uns einzuholen. Skylar stand an der Tür und wartete drinnen, während Lexa ihr Gesellschaft leistete.

„Und warum zum Teufel nicht?", fragte ich.

Wenn irgendjemand Ariella retten wollte, dann war ich es.

Mason könnte auch mitkommen. Er würde Hazel retten wollen, und ich würde ihn nicht aufhalten. Genauso wie ich wusste, dass er mich nicht aufhalten würde.

Wir steckten da zusammen drin.

„Wir wissen nicht, wer die Auktion leitet", sagte Jayden. „Es könnte jeder sein, und du bist ein bekannter Name in Breckenridge."

„Jeder weiß, dass wir für Eagle Tactical arbeiten", murmelte Mason. „Wir lassen also zu, dass die Mädchen von irgendwelchen Mistkerlen gekauft werden und müssen dann zwei Rettungsmissionen durchführen?" Er schüttelte den Kopf und stürmte auf Jayden zu.

„Hey! Ich will doch nur helfen!" Jayden warf seine Arme in die Höhe und kapitulierte. „Wenn du gehen willst und an der Tür abgewiesen werden willst, dann geh einfach vorbei. Aber wenn du jemanden brauchst, der hineinkommt und die Mädchen rausholt, dann brauchst du mich."

Mir gefiel nicht, welchen Plan Jayden auch immer im Kopf hatte. Er war der Grund, warum Ariella und

Hazel immer noch verschwunden waren.

Ich warf einen Blick auf die Uhr an der Wand. Die Zeit war nicht auf unserer Seite.

Wir konnten uns zwar falsche Identitäten zulegen und uns sogar verkleiden, aber das war zu riskant. Diese Art von Veranstaltungen waren nur mit Einladung möglich.

„Du kannst eine Einladung bekommen?" Ich musterte Jayden.

Jayden nickte eifrig. Er hatte sich viel Mühe gegeben. „Ich kenne den Leiter der Auktion, Capo Sergio. Er gehört zu DeLucas Familie", sagte Jayden.

Wollte er seine Taten wiedergutmachen oder verbarg er etwas vor uns?

Was blieb uns anderes übrig, als ihm zu vertrauen?

Mein Handy surrte in meiner Tasche. Könnte es Ariella sein? Ich kannte die Nummer nicht.

„Hallo?" Ich antwortete dem Anrufer.

„Hi, ist da Jaxson?"

„Ja." Ich spürte die Blicke der Jungs auf mir, als ich einen Schritt aus dem Zimmer trat und Izzie anstarrte, während sie leise malte. Sie hatte es geschafft, sich die

Tinte auf die Hände und den Schreibtisch zu schmieren.

„Ich bin's, Delphine. Ariella sollte mich vom Flughafen abholen, aber sie geht nicht an ihr Telefon.

KAPITEL SIEBENUNDZWANZIG

Jayden

Sie hatte mich entdeckt, bevor ich sie überhaupt zu Gesicht bekam.

Ariella hatte ich noch nicht gesehen, aber Hazel schlenderte zu mir herüber und schenkte mir ein verführerisches Lächeln.

Ich versuchte, kühl und gelassen zu bleiben.

Capo Sergio stand neben mir. „Siehst du etwas, das dir gefällt, mein Freund?", fragte er und klopfte mir auf die Schulter. „Für den richtigen Preis kannst du sie mit nach Hause nehmen."

Ich räusperte mich. „Und welcher Preis ist das genau?" Ich sah sie von oben bis unten an. Ich musste so tun, als würde ich entscheiden, ob sie für mich von Interesse ist.

„Es ist eine stille Auktion und nur Bargeld. Vergiss das nicht", sagte Sergio und wedelte mit dem Finger vor mir. „Ich sage dir, diese Mädchen werden immer heißer, je länger wir sie einsperren."

Es kostete mich alles, Capo Sergio nicht zu verprügeln. Er war derjenige, der diese Operation leitete, obwohl ich sie zu Fall bringen wollte, konnte ich es nicht allein tun.

Wir hatten darüber gesprochen, eine Wanze zu tragen und die Informationen an die Behörden weiterzugeben. Aber ich konnte nicht riskieren, erwischt zu werden.

Ich hatte schon genug zu tun, um zu überleben, nachdem Enzo mich in die hinausgeworfen und meine falsche Verlobte an DeLucas Männer ausgeliefert hatte.

Sergio vertraute mir wahrscheinlich genauso viel, wie ich ihm vertraute.

„Du kannst eine Probefahrt mit ihr machen", sagte Sergio und deutete mit seinem Zeigefinger auf die Privaträume. „Das kostet natürlich eine Gebühr, aber du weißt ja, wie das hier ist. Alles ist erlaubt. Nichts ist tabu."

„Gut. Ich würde nur ungern für verdorbene Ware bezahlen", sagte ich. Es kostete mich alles, nicht zu kotzen, als ich diese Worte über meine Lippen brachte.

Ich packte Hazel an den Hüften und zog sie an mich heran. „Wie viel für eine Stunde mit ihr?"

„Zwanzig Minuten, höchstens. Andere Interessenten sollten auch eine Chance mit ihr bekommen", sagte Sergio. „Vierhundert für zwanzig Minuten."

„Leck mich am Arsch", murmelte ich und zog vierhundert Dollar Scheine hervor.

Meine Hand umklammerte Hazels Handgelenk und ich zerrte sie mit aller Kraft in Richtung der privaten Suite und schlug die Tür hinter uns zu.

Ich war kein Idiot. Es gab überall Kameras. Gab es auch Kameras im Privatzimmer?

Ich habe keine gesehen, aber das bedeutete nichts.

„Ich bin Violet", sagte Hazel. Ihre Stimme zitterte, als sie einen Schritt von mir zurücktrat.

Meine Augen verengten sich, als ich sie musterte.

Sie und die anderen Mädchen hatten alle ein schwarzes Halsband um den Hals, das mit einem Metallschloss gesichert war, das man mit einer Schnalle befestigen konnte. An ihrem Arm trug sie einen goldenen Armreif und klopfte immer wieder auf den Armreif, während sie an mir vorbeischaute.

Hazel zupfte an ihrer Unterlippe und nahm sie zwischen die Zähne, sagte aber nichts weiter.

„Violet", sagte ich und benutzte den Namen, den sie ihr gegeben hatte. Wenn sie wollte, dass ich weiß, dass sie nicht Hazel heißt, während wir allein sind, dann dachte sie wahrscheinlich, dass die Männer uns zuhören würden.

„Verstehst du, dass ich deine Zeit für die nächsten zwanzig Minuten gekauft habe?" Mein Blick blieb kalt und finster, als ich ihren Arm mit dem Armband zu mir zog. Meine Finger fummelten an dem Armreif herum, während mein Blick auf ihren Augen haften blieb.

„Ja, ich verstehe", sagte Hazel. Sie trat näher heran und kletterte auf meinen Schoß.

Vielleicht dachte sie, sie würden uns beobachten?

Ich glaube nicht, dass sie sonst in meiner Nähe sein wollte.

„Angenommen, ich bin daran interessiert, mehr als ein Mädchen zu kaufen. Gibt es noch jemanden, der mein Interesse so sehr wecken könnte wie du?" fragte ich. „Ich mag Brünette mit langen Haaren, gefühlvollen Augen und ein bisschen Feuer." Ich musste aufpassen, dass niemand das, was wir sagten, entschlüsseln und sich einen Reim darauf machen konnte.

„Ich, ja, vielleicht ist Jade nach deinem Geschmack", sagte Hazel.

„Gut." Ich lächelte mit zusammengekniffenen Lippen.

Es wäre eine Lüge zu sagen, dass ich überrascht war, dass sie von den Mädchen verschiedene Namen verlangten.

„Sag mir, Violet, warum sollte ich dich kaufen, wenn ich jede Frau hier haben kann?" Ich fragte nur, weil ich wusste, dass sie zuhörten.

Sie öffnete ihren Mund und schloss ihn schnell wieder.

Ich hob eine Augenbraue und wartete auf ihre Antwort.

Hazel atmete schwer aus und lehnte sich näher heran. Ihre Finger strichen durch mein Haar, während ihre Lippen mein Ohr erreichten und flüsterten, sodass nur ich sie hören konnte. „Denn wenn du es nicht tust, wird Mason dich jagen und töten."

Sie hatte nicht Unrecht.

————

Ich hatte mehrere tausend Dollar in bar dabei, das meiste davon bei mir, aber ein paar Tausender waren draußen im Truck versteckt.

Ich hatte mir Sorgen gemacht, dass ich, wenn ich das ganze Bargeld bei mir hätte, etwas davon abheben könnte.

Die Wahrheit war, dass ich keine Ahnung hatte, wie viel es kosten würde, was eine stille Auktion für eine Person kosten würde. Ich konnte ja niemanden fragen.

Capo Sergio stand in der Mitte des Raumes. Das Licht wurde gedimmt, während er ein Mikrofon in der linken Hand hielt.

„Der letzte Moment des Abends, auf den ihr alle geduldig gewartet habt: die Gewinner der stillen Auktion", sagte Sergio.

Ein verschmitztes Lächeln umspielte seine Lippen. Er nahm einen Stapel Zettel von einer älteren Frau entgegen, die ich nicht erkannte. Sie trug ein glitzerndes, goldenes Kleid, das im Scheinwerferlicht wie ein Kronleuchter glänzte.

„Danke", sagte Sergio zu ihr.

Die Mädchen standen an der Wand aufgereiht, und er gab dem ersten Mädchen ein Zeichen, sich zu ihm zu setzen.

„Unser erster Preis des Abends, Ruby, wird mit Rafael nach Hause gehen. Du kannst mich bezahlen oder das Geld zu Diamond bringen, um deinen Preis einzufordern." Er gestikulierte in Richtung der Frau in dem goldenen Kleid.

Ruby ging auf die gegenüberliegende Seite des Raumes neben Diamond.

Die junge Rothaarige, Ruby, sah regelrecht verängstigt aus, als sie darauf wartete, dass Rafael seine Transaktion abschloss.

Wenn ich heute Abend jedes Mädchen hätte retten können, hätte ich es getan, aber deshalb bin ich nicht zu der Auktion gekommen. Ich war wegen Ariella und Hazel hier, oder besser gesagt wegen Jade und Violet.

Die Auktion ging weiter, Mädchen für Mädchen, Transaktion für Transaktion.

Mein Magen krampfte sich zusammen, als ich sah, wie die Mädchen gingen und gezwungen waren, mit einem Fremden mitzugehen—die meisten der Männer erkannte ich nicht. Ein paar gehörten jedoch zu DeLucas Crew und waren nicht auf dem Gelände gewesen, wie ich gesehen hatte.

Wenn sie dagewesene wären, wäre ich jetzt tot.

Zum Glück war meine Tarnung noch nicht aufgeflogen.

Wussten sie, dass Angelo DeLuca tot war? Ich bezweifelte, dass das das Ende der DeLuca-Familie war. Ein anderer Boss würde an seiner Stelle aufsteigen. Würde es Gino sein, sein Stellvertreter?

„Als Nächstes haben wir heute Abend Violet. Violet, komm bitte nach vorn", sagte Sergio, als sie zögerte, der Aufforderung nachzukommen.

Sie trat auf die Bühne und hielt den Atem an.

Sie war nicht die Einzige. Was, wenn ich nicht genug geboten hatte, um sie mit nach Hause zu nehmen? Ich wusste nicht, wie viel es kostete, und ich musste den Betrag zwischen Ariella und Hazel aufteilen.

Was, wenn ich mir keine von beiden leisten konnte?

„Violet, du wirst heute Abend mit Jayden nach Hause gehen."

Ich atmete erleichtert auf. Einer weniger.

Sie durchquerte den Raum und ging hinüber zu Diamond, wo ich die letzte Zahlung leisten sollte, damit sie mich nach Hause begleiten konnte.

„Und als Letztes unser seltenes Juwel, Jade."

Ich hatte Ariella den ganzen Abend kaum gesehen. Hatten andere Männer ihre Zeit gekauft? Hatte jemand anderes ein festes Interesse an ihr?

Capo Sergio warf einen Blick auf die Karte in seiner Hand und steckte sie in seine Gesäßtasche. „Jade wird mit mir nach Hause kommen."

KAPITEL ACHTUNDZWANZIG

JAXSON

„Was soll das heißen, du hast nur ein Mädchen rausgeholt? Wir haben dir genügend Geld gegeben, um für Ariella und Hazel zu bezahlen."

Das konnte doch nicht wahr sein!

Der Raum drehte sich und ich kniff die Augen zusammen.

Während ich erleichtert war, dass Hazel in Sicherheit war und bald wieder mit Mason zusammen sein würde, wurde mir bei dem Gedanken, was mit Ariella passieren würde, ganz flau im Magen.

Ich hätte nicht nach Hause gehen sollen. Aiden und Declan haben mich überredet, Izzie nach Hause zu bringen.

Ich hätte Jayden niemals die Operation überlassen dürfen.

„Capo Sergio, der Bastard, der die Auktion leitet, hat Jade, ich meine Ariella, für sich behalten. Es spielte keine Rolle, wie viel Geld ich ihm hinwarf. Er hatte vor, sie zu behalten."

„Verdammt!" Ich schlug mit der Faust auf den Küchentisch.

Izzie schlief oben in ihrem Bett.

Ich zuckte zusammen. Hoffentlich habe ich sie nicht gerade aufgeweckt.

Ich lauschte, hörte aber keine Geräusche aus dem oberen Stockwerk.

Gut so. Ich stieß einen schweren Seufzer aus. „Ich brauche alles über Capo Sergio. Wohnt er an dem Ort, an dem die Auktion stattgefunden hat?" Wir mussten wissen, wohin er Ariella bringen würde.

„Nein, er hat ein Haus auf einem großen Grundstück außerhalb der Stadt." Jayden machte eine Pause, als ob er etwas verschweigen wollte.

„Wenn du weißt, wo er wohnt, dann fahren wir heute Abend hin." Ich hatte nicht vor, auf das Tageslicht zu warten, um sie zu retten.

„Nein."

„Was meinst du mit nein?", fragte ich.

Das war alles seine Schuld gewesen.

Jayden hätte nicht mitkommen müssen. Wenn er zu Hause bleiben und mit Skylar Haus spielen wollte, konnte er das auch tun. Ich musste nur wissen, wo Sergio wohnte, damit ich eine Rettungsaktion planen konnte, um Ariella zurückzuholen.

„Sergio ist krank", sagte Jayden und hielt kurz inne.

„Ich habe nicht den ganzen Tag Zeit." Ich wurde langsam ungeduldig mit Jayden.

„Gegen ihn sieht das, was mit den anderen passiert ist, wie ein Picknick aus."

Die meisten der Außenseiter waren vor Monaten von der russischen Mafia kaltblütig ermordet worden. Jayden und Emma waren die einzigen beiden Überlebenden, soweit ich wusste.

Das Letzte, was ich hörte, war, dass Emma in Handschellen abgeführt worden war und sich zu einem halben Dutzend Anklagen schuldig bekannt hatte.

Ich war überrascht, dass Jayden nicht mit ihr hinter Gittern saß. Immerhin war er einer der Schützen bei der Geiselnahme im Blue Sky Resort gewesen. Emma war der Kopf hinter der Operation gewesen, aber auch Jayden war nicht ganz unschuldig.

Er hatte eine dunkle Vergangenheit, aber ich fing an, sie zu verstehen und zu enträtseln, denn alles führte zurück zu seiner Familie, um seine Nichte Lexa zu finden.

„Was schlägst du vor?", fragte ich.

Ich schätzte Jaydens Meinung, vor allem in Bezug auf Sergio und die Familie DeLuca. Er hatte viel mehr Wissen über die Mafia als ich. Ich hatte alles getan, was ich konnte, um sie zu meiden.

„Sergio wird dein Mädchen heute Abend nicht anfassen. Er kommt immer nach einer dieser Partys nach Hause, betrinkt sich und wird ohnmächtig."

„Und das weißt du, weil?"

Konnte ich darauf vertrauen, dass er keine Hand an Ariella legen würde? Wie sicher war Jayden? Ich konnte ihm am Telefon nicht in die Augen sehen. Ich musste ihm vertrauen, und mein Gefühl sagte mir, dass er ehrlich war.

„Ich bin nach ein oder zwei Partys eingeladen worden", gestand Jayden. „Ariella ist nicht das erste Mädchen, das er mit nach Hause bringt. Ich hätte wissen müssen, dass er sich für sie entscheiden würde. Sie ist definitiv sein Typ. Aber ich versichere dir, dass er sie bis morgen nicht anfassen wird, und Ende der Woche ist alles vorbei.

Mir wurde flau im Magen.

„Warum denn das?"

„Er schickt sie vor der nächsten Auktion auf die Jagd. Ich habe noch nie ein Mädchen gesehen, das entkommen ist."

KAPITEL NEUNUNDZWANZIG

Jayden

Ich hätte Jaxson nichts von der Jagd erzählen sollen. Er würde mich heute Abend niemals nach Hause gehen lassen, ins Bett klettern und ein paar Stunden schlafen lassen.

„Willst du mir sagen, dass er Ariella in die Berge schickt, um sie zum Spaß zu jagen?

Mein Mund war trocken. Meine Augen waren verschwommen.

Ich hatte Hazel bereits bei Mason abgesetzt und war auf dem Weg nach Hause.

„Das stimmt. Er ist ein Mistkerl, Capo Sergio, aber er hat es noch nie getan, bevor er den Frauen, die er kauft, die Hölle heiß gemacht hat. Du hast also etwa eine Woche Zeit, bis er des gleichen Mädchens überdrüssig wird und ein neues Spielzeug will."

„Ich kann auf keinen Fall still sitzen und mir das anhören. Wie lautet die Adresse?"

Obwohl es eine Frage war, wusste ich genau, dass Jaxson nicht fragte. Er wollte, dass ich ihm sage, wo Sergio wohnt.

Meine Augen verschwammen und brannten. Ich wollte noch ein paar Stunden schlafen, bevor die Sonne aufging.

„Du gehst nicht allein", sagte ich.

Es war eine Rettungsaktion mit mindestens zwei Leuten. Jemand musste Sergio töten und ein anderer Ariella retten.

Sergio würde Jaxson nicht seine Haustür öffnen. Ich war derjenige, dem er vertraute und den er in sein Haus lassen würde.

Jaxson konnte sich reinschleichen und Ariella zur Flucht verhelfen, während ich Sergio ablenkte, wenn es nur so einfach wäre.

„Es ist mir egal, ob du mitkommst oder nicht, aber ich lasse Ariella keine Minute länger dort", sagte Jaxson.

„Was ist mit deinem Kind?" Ich versuchte, ihm die Daddy-Karte zuzuwerfen. Das war alles, was ich noch hatte, um zu versuchen, ihn davon abzuhalten, das heute Abend zu tun.

„Lass mein kleines Mädchen aus dem Spiel!", brüllte Jaxson in das Telefon.

„Okay. Okay. Ich meinte nur, dass du so ein kleines Kind nicht allein zu Hause lassen kannst.

„Sie ist nicht allein. Ich habe einen der Jungs hier und Ariellas Schwester. Nicht, dass dich das etwas angeht", spuckte Jaxson.

Schlaf war ein Gut, von dem ich nichts abbekam. Genauso wie Sex in letzter Zeit.

„Hast du einen Stift und Papier? Ich werde dir die Adresse geben. Dann muss ich bei mir zu Hause anrufen und nach Lexa sehen."

„Es ist mitten in der Nacht", sagte Jaxson. „Lass das arme Mädchen schlafen."

Ja. Jetzt verstand ich, wie er sich fühlte.

Ich gab ihm die Adresse und die Wegbeschreibung und willigte dann ein, direkt dorthin zu fahren, solange er mir eine Tasse Kaffee brachte. Es war mir egal, ob er ihn zu Hause aufbrühte oder eine Flasche

Eiskaffee in seinem Kühlschrank hatte, die er mitbrachte. Ich brauchte nur einen zusätzlichen Koffeinschub, um mich wachzuhalten.

Wir waren auf einer Rettungsmission, um Ariella zurückzubekommen, und ich wollte nicht einschlafen, bevor mein Kopf das Kissen berührt hatte.

KAPITEL DREISSIG

ARIELLA

Ich hätte dankbar sein sollen, dass das Halsband und der Armreif abgenommen worden waren. Sergio hatte mich für sich selbst gestohlen, aber er hatte nicht vor, mir pulsierenden Strom durch den Hals zu schicken.

Vielleicht war er kein Sadist?

Ich vertraute ihm immer noch nicht.

Er hatte mich auf dem Rücksitz seines schwarzen Geländewagens eingesperrt, mir einen Sack über den Kopf gestülpt und uns etwa zwanzig Minuten gefahren.

Das Terrain war schroff. Die Fahrt war ziemlich holprig. Ich hatte nicht das Gefühl, dass wir auf der Hauptstraße geblieben waren.

Ich bezweifelte, dass Sergio sich Sorgen machte, gesehen zu werden.

Er muss weg von der Zivilisation leben. Es war aber nicht wirklich abseits des Netzes. Ich vermutete, dass es dort Strom gab und all die schönen Dinge, die man mit Geld kaufen kann.

Ich habe mich nicht geirrt.

„Lass uns gehen", sagte Sergio mit rauer Stimme. Er sprach etwas undeutlich, als er mich am Arm packte und von der Rückbank schob.

„Ich kann nichts sehen", sagte ich und erinnerte ihn daran, dass ich einen Sack über dem Kopf hatte. Es war schwierig, auf dem steinigen Gelände nicht zu stolpern. Er hatte keine gepflasterte Einfahrt, oder wenn doch, dann hatte er sich entschieden, sie nicht zu benutzen.

„Darum geht es ja", sagte er.

Gras und Steine streiften meine nackten Füße.

Ich vermisste meine Lederstiefel noch mehr, ganz zu schweigen von meinem Handy, das ich weggesteckt hatte. Ich liebte diese Schuhe und hatte sie gekauft, weil ich fand, dass sie zu einer Jeans fantastisch aussahen.

Ich bezweifelte, dass ich sie jemals zurückbekommen würde, und ein neues Paar einzulaufen war die Hölle für meine Füße.

Wie sollte Jaxson mich jemals finden?

„Komm nach oben ", wies Sergio mich an.

Ich machte einen vorsichtigen Schritt nach oben und spürte warmes Holz unter meinen Zehen.

War das eine Veranda?

Sie knarrte nicht, aber sie war wahrscheinlich auch nicht alt oder wackelig. Sergio war ein Mafioso und schwamm wahrscheinlich im Geld. Zumindest stellte ich mir das so vor, besonders nachdem er die Auktion geleitet hatte. Er hatte eindeutig das Sagen, sonst hätte sich jemand eingemischt, als er beschloss, mich nach Hause zu bringen.

Ich hörte das Klimpern der Schlüssel und das Klirren von Metall, als er den Schlüssel ins Schloss steckte.

Wir würden bald hineingehen.

Was, wenn ich zu Fuß abhauen würde? Meine Hände waren nicht hinter meinem Rücken gefesselt. Ich könnte mir den Sack vom Kopf ziehen und loslaufen.

Wie weit würde ich kommen?

Hatte er seine Waffe griffbereit? Ich war mir sicher, dass er eine Waffe hatte, und er würde mich wahrscheinlich bei der ersten Gelegenheit erschießen, zumal ich ihn keinen Cent gekostet hatte.

Die Tür quietschte in den Angeln, als er den Vordereingang öffnete. Nun, ich nahm an, dass es der Haupteingang war.

Mein Herz pochte wie ein Boot, das in einem Sturm gegen die Felsen schlägt. Schweiß bedeckte mein Gesicht , aber ich wusste, dass es draußen nicht heiß war.

Mein Magen schlug Purzelbäume.

In diesem Moment musste ich handeln, und so rannte ich.

Ich riss mir den Sack vom Kopf, der mein Gesicht bedeckte, um in die Freiheit zu gelangen. Ich stolperte die Verandastufen hinunter, aber das hielt mich nicht davon ab weiterzulaufen.

Ich rannte so schnell, wie meine Beine mich tragen konnten. Meine Waden brannten, aber das war mir egal. Ich weigerte mich, langsamer zu werden oder vor Sergio oder irgendeinem Mann zu kuschen, der dachte, er könne mich besitzen.

Ich war kein Stück Eigentum.

Draußen war es dunkel, und ich lief über den rauen Boden des dichten Waldes.

Ich wünschte mir mehr als alles andere, dass ich meine Stiefel anhätte—etwas, das meine Fußsohlen schützt. Ich rannte über Äste und Blätter, Disteln und Felsen.

Alles, was den Waldboden bedeckte, knirschte unter meinem Gewicht, als ich mich vom Grundstück entfernte.

Ichwusste nicht , wohin ich wollte, nur dass ich Hilfe holen musste.

Ich drehte mich nicht um, noch wurde ich langsamer, um einen Blick auf Sergio zu werfen.

Er hatte mich nicht verfolgt, und in diesem kurzen Moment fand ich es seltsam und fast beunruhigend, dass ich nicht langsamer werden konnte.

Ich wollte ihm keine Zeit geben, mich einzuholen, wenn er vorhatte, sich Laufschuhe anzuziehen oder sich umzuziehen. Ich hatte nicht die geringste Ahnung, warum er mich laufen ließ, aber ich hatte nicht vor, seine Entscheidung zu hinterfragen.

Sicher, es gab Bären in den Wäldern. Grizzlys. Die gemeinsten und tödlichsten Kreaturen.

Möglicherweise auch Wölfe. Ich war mir bei all den wilden Bestien im Wald nicht ganz sicher.

Ich lebte noch nicht so lange in Breckenridge und war nicht hier aufgewachsen.

Ich konnte nicht daran denken, was jenseits des Waldes lag, wo ich schlief oder nach Nahrung suchte. Der einzige Weg zu überleben, war die Flucht.

War ich frei?

Meine Brust schmerzte mit einer schreienden Intensität, die meine Augen brennen und tränen ließ.

Langsamer zu werden, würde mich umbringen.

Ich hatte diesen Schmerz schon einmal gespürt, als würde meine Brust zerquetscht werden. Qualen.

Ich wurde nicht langsamer. Ich lag nicht im Sterben. Es war kein Herzinfarkt. Sicher, ich hatte Probleme, die mein Herz buchstäblich aus dem Takt brachten. Dank der Tachykardie und der autonomen Funktionsstörung, die mich plagten, fühlte es sich wie die Hölle an.

Aber es würde mich nicht wirklich umbringen.

Oder?

Ich hatte darauf geachtet, meine Medikamente zweimal am Tag zu nehmen. Ich hatte mich an die Routine gehalten und keine Dosis ausgelassen, denn wenn ich sie ausließ, war ich am Boden zerstört und konnte mein Leben auch am nächsten Tag nicht mehr aufrechterhalten.

Ich hatte zwar eine Dosis verpasst, aber das wäre nicht das Ende der Welt gewesen, wenn ich nicht im Kampf-oder-Flucht-Modus gewesen wäre. Um mein Leben zu rennen, half nicht dabei, meine Symptome zu lindern.

Außerdem wünschte ich mir, ich hätte mein Telefon, um Jaxson anzurufen.

Als ich zusammenzuckte, fiel mir ein, dass Delphine heute Abend in die Stadt kommen würde.

So ein Mist.

Würde sie mir verzeihen, dass ich sie nicht vom Flughafen abholte? Wir waren endlich wieder zusammen und ich hatte sie im Stich gelassen.

Genau das würde sie sagen.

Ich konnte schon ihren nörgelnden Tonfall hören und ihren missbilligenden Blick sehen.

Da ich nicht langsamer werden wollte, rannte ich weiter durch den Wald. Würde ich eine Straße, ein Haus, ein Zeichen der Zivilisation erreichen?

Breckenridge war zwar eine kleine Stadt, aber ich würde doch irgendwann dort ankommen, oder?

Was ist, wenn ich in die falsche Richtung gelaufen bin?

Die Welt um mich herum drehte sich, während ich rannte. Die Bäume schwankten und ich hielt mich an der rauen Rinde eines Baumes fest, um mich aufrecht zu halten.

Ich rang nach Atem und konnte es mir nicht leisten, langsamer zu werden.

In der Ferne knirschten Reifen auf dem Schotter.

Ich konnte nicht erkennen, ob das Fahrzeug auf Sergios Haus zu oder von ihm weg fuhr. Ich glaubte nicht, dass ich mich verlaufen hatte, aber der Wald schien sich ewig zu erstrecken.

Wer würde Sergio mitten in der Nacht besuchen kommen?

Niemand.

Obwohl ich glauben wollte, dass es Jaxson war, hatte er wahrscheinlich keine Ahnung, wo ich war oder wie er mich finden konnte.

Hatte Jayden überhaupt vor, meine Freiheit zu sichern oder nur die von Hazel? Ich wusste, dass es böses Blut zwischen den beiden Brüdern gab, aber ich wusste nicht, wie schlimm es war.

Eine Schrotflinte feuerte von hinten und ich warf mich auf den Waldboden.

Ich hatte keine Schritte gehört. Er war still gewesen. Es sei denn, er war ganz in die Nähe gefahren und hatte durch das Fenster des Fahrzeugs geschossen?

Ich rannte weiter von der Straße weg, durch den Wald, bis ich direkt gegen einen Metallzaun lief, der mich überragte.

Ich saß in der Falle.

KAPITEL EINUNDDREISSIG

JAXSON

Sie war ganz allein da draußen, und ich war der Einzige, der sie retten konnte.

Jayden und ich hielten vor dem Haus von Sergio. Die Tür war offen gelassen worden, das Haus war verlassen.

Ich hatte zwar erwartet, dass eine Menge Männer sein Haus bewachen würden, so wie Angelo es getan hatte, aber Sergio war kein Mafiaboss. Zumindest noch nicht.

Ich wusste nicht, wer Angelos Platz einnehmen würde, wahrscheinlich Gino, sein Stellvertreter, aber Kriege waren unter solchen Männern schon für viel weniger ausgetragen worden.

Jayden entsicherte seine Waffe, während wir das Haus und die Umgebung durchsuchten.

„Sie können nicht weit gekommen sein", sagte ich. Ich blieb stehen, bückte mich und hob eine dunkle Baumwollhaube auf.

Jayden schaute sich den Stoff in meiner Hand an. „Glaubst du, sie ist weggelaufen?", fragte er.

„Von wegen."

Ariella war eine Kämpferin und würde alles in ihrer Macht Stehende tun, um am Leben zu bleiben. Wenn das bedeutete, dass sie eine Chance hatte zu entkommen, würde sie diese nutzen, das wusste ich.

Ich atmete nervös aus. Ich hatte Angst um sie.

Sie hatte an einem einzigen Tag die Hölle durchgemacht und war wahrscheinlich müde und erschöpft, und ich wollte gar nicht daran denken, welche Auswirkungen das auf ihre Gesundheit hatte.

Würde sie in der Lage sein, zu laufen und zu fliehen?

Ich wusste, dass sie nicht fit war und wahrscheinlich müde sein würde, nachdem sie herum geschleift, und von einem Lager zum nächsten gebracht worden war und auf einer Sklavenauktion verkauft wurde . Allein das Trauma, das sie erlitten hatte, war erschütternd, und der Gedanke, dass Sergio immer noch hinter ihr her war. Zu sagen, dass ich besorgt war, wäre eine Untertreibung.

Der Bastard würde nicht aufgeben. Nicht so leicht.

Und Ariella auch nicht. Sie würde bis zum bitteren Ende kämpfen.

„Wir müssen uns verteilen und sie finden, bevor es zu spät ist." Ich steckte mein Gewehr an die Hüfte.

Der Wald erstreckte sich, soweit ich sehen konnte, mit einer gewundenen Schotterstraße, auf der ich hineingefahren war. Ich hatte sie nicht auf der anderen Straßenseite gesehen, und offen gesagt, sie könnte überall sein.

In der Ferne ertönte eine Schrotflinte.

„Sie musste irgendwo sein", gestikulierte ich und hörte die Schrotflinte.

„Er jagt sie, das muss so sein", murmelte Jayden vor sich hin.

„Oder er jagt sie, weil sie vor ihm weggelaufen ist."

Die Tatsache, dass sie versuchte zu fliehen, führte dazu, dass Sergio sie mit einer Schrotflinte jagte.

In jedem Fall, war sie in Gefahr und ich musste sie vor Sergio finden.

„Meinst du, er hat sie gesehen?" Ich wurde nicht langsamer, als ich die Verriegelung meines Trucks öffnete. Ich öffnete meine Tasche mit der taktischen Ausrüstung und holte eine Nachtsichtbrille heraus. Das war die einzige Möglichkeit, sie im Dunkeln zu finden.

Wahrscheinlich war sie bei ihrer Flucht nicht sehr vorsichtig gewesen, aber es würde zu lange dauern, das Gebüsch und die abgebrochenen Äste zu untersuchen. Hoffentlich waren sie nicht zu weit vorgedrungen.

Ich warf Jayden eine zweite zu.

„Wir müssen Ariella finden, bevor Sergio sie erwischt."

„Es könnte zu spät sein", sagte Jayden.

Ich wollte die Niederlage nicht akzeptieren. Wir hatten nur einen Schuss gehört. Es gab keinen Schrei von Ariella. Kein Siegesgeräusch von Sergio.

Ich rüstete mich mit einer kugelsicheren Weste aus und überließ es Jayden, sich an meiner restlichen Ausrüstung zu bedienen.

Ich schnappte mir eine zweite Pistole, die ich in meinen Stiefeln verstaute, und eine Halbautomatik, die ich mir um die Schulter schnallte.

Ich wollte kein Risiko eingehen.

Ich joggte in die Dunkelheit, meine Füße waren kein bisschen leise, als meine Stiefel über Blätter und Äste stolperten.

Vielleicht würde ich Sergios Aufmerksamkeit erregen und er würde Ariella in Ruhe lassen.

Das war meine Hoffnung.

Würde es nach Plan laufen? Wahrscheinlich nicht.

Zumindest wusste er, dass noch jemand im Wald war und ihm folgte.

Er war nicht allein, und Ariella auch nicht.

Jayden blieb dicht hinter mir. Es dauerte nur eine Minute, bis er mich eingeholt hatte und mir auf den Fersen war.

„Ausschwärmen?", fragte er.

Wir waren nur zu zweit.

„Nein. Wenn er die Ausrüstung hat, wollen wir nicht, dass er uns beide sieht", sagte ich. Ich wollte zwar nicht erschossen werden, aber ich war auch bereit zu sterben, um Ariella in Sicherheit zu bringen, und wenn das bedeutete, dass Jayden sie rechtzeitig erreichte, dann war es eben so.

Ich warf einen Blick auf den Boden und sah einen abgebrochenen Ast—ein Zeichen dafür, dass sie diesen Weg durch den Wald genommen hatten.

„Geh weiter", sagte ich leise flüsternd. Das Geräusch drang durch den Wald. In der Nacht kamen Geräusche immer weiter, und obwohl ich versuchte, leise zu sein, waren meine Füße nicht gerade leise.

„Irgendetwas?", fragte Jayden.

„Nada." Ich hatte keine Anzeichen von Leben entdeckt. Ich hätte eine Ausrüstung zum Aufspüren von Wärmesignaturen mitbringen sollen, aber die lag im Büro von Eagle Tactical.

Wir hatten keine Zeit, um nach Verstärkung zu rufen oder zusätzliche Ausrüstung anzufordern.

Ariellas Leben stand auf dem Spiel, und jeden Moment konnte Sergio sie finden und erschießen, oder schlimmer noch, uns töten und sie als Sexsklavin zurückschleppen.

Bei dem ekelhaften Gedanken, was er ihr antun würde, stieg mir die Galle hoch.

Meine Ariella.

Eher würde ich sterben, als dass er Hand an sie legt.

Ein zweiter Schuss ertönte.

Diesmal war er in unsere Richtung gerichtet, zischte vorbei und durchschlug einen nahen Baum.

Durch die Brille konnte ich niemanden sehen. Ich hob meinen Arm und gab Jayden zu verstehen, dass er aufpassen sollte.

Sergio musste sich verstecken.

Hatte er sich hinter einem Baum versteckt?

Wo könnte er sonst sein? Ich sah sonst nichts, keine Spur von ihm. Kein Anzeichen einer Bewegung.

Meine Augen verengten sich und zuckten, als ich das lange Ende der Schrotflinte entdeckte.

„Duck dich." Ich griff hinter mir nach Jayden und warf ihn mit mir auf den Boden.

Sergio hatte uns entdeckt.

KAPITEL ZWEIUNDDREISSIG

Jayden

Schwere Schritte stampften über den Boden, als Sergio in unsere Richtung eilte. Jaxson hatte mir das Leben gerettet.

Mist.

Das würde jetzt nichts mehr ändern. Jeden Moment würde er uns auf dem Waldboden liegen sehen. Wir mussten schnell denken und handeln.

Ich warf meinem Kameraden nur einen kurzen Blick zu, und er nickte kurz.

Er hatte die gleiche Idee.

Wir mussten uns aufteilen.

„Ich werde sie finden. Du kümmerst dich um ihn", sagte Jaxson.

Er war kein bisschen leise. Wusste er nicht, wie man flüstert?

Wollten wir unseren Standort an Sergio verraten? Ich wollte auf keinen Fall, dass er uns ausfindig macht.

Ich atmete tief ein.

Jetzt oder nie. Jaxson war auf dem Boden weggekrochen, tief in die Büsche und Ästen, außer Sichtweite, bevor ich sah, wie er aufsprang und zu Ariella rannte.

Hatte er sie entdeckt?

Ich konnte nichts anderes sehen als Sergio, der direkt auf mich zukam.

Ich griff nach meiner Waffe, aber der Abzug klemmte.

Na toll. Jaxson hatte mir eine Waffe gegeben, die nutzlos war.

Ich ließ die Waffe fallen und drückte das Gewehr mit den Fäusten weiter von mir weg, als er es auf meine Brust richtete. Ich wirbelte die Waffe herum und hörte das Schnappen seines Abzugsfingers.

Sergio ließ die Waffe fallen und stürzte sich auf mich. Seine Hände fielen mir um den Hals. Sein Griff war so fest, dass ich kaum noch atmen konnte.

Ich kniete ihm in dem Schritt, während wir uns auf dem harten Boden wälzten und Stöcke und abgebrochene Äste auf uns einschlugen.

„Du verdammter Mistkerl!" Ich spuckte, während ich sprach, und schlug Sergio mit meinen Daumen in die Augen.

Er schrie auf und löste kurzzeitig seinen Griff um meine Kehle, lange genug, dass ich tief einatmen und die Luft trinken konnte.

Es dauerte nicht lange. Er schnappte sich meine Waffe, die geklemmt hatte, und zog den Abzug nach außen, ohne sie auf mich zu richten.

„Ich bin der Bastard?", spottete er. „Du kommst in mein Haus und nimmst eines meiner Mädchen mit; und dann kämpfst du auch noch gegen mich?"

Wollte er Jaxson erschießen? Hatte er Ariella schon gefunden?

Ich konnte sie nicht sehen. Ich konzentrierte mich ganz auf mein eigenes Überleben und darauf, Sergio aufzuhalten.

„Ich habe für sie bezahlt, fair und anständig." Es machte mich krank, wenn ich daran dachte, dass wir die Mafia praktisch finanziert hatten, indem wir ihnen Geld gaben.

Welche andere Wahl hatten wir denn?

In diesem Moment war es die richtige Entscheidung gewesen, Hazel zu retten. Wenn ich in der Lage gewesen wäre, das Gleiche für Ariella zu tun, würden wir jetzt nicht nachts hier draußen um unser Leben ringen.

Sergio hatte seine dominante Hand nicht benutzt. Ich hatte dafür gesorgt, dass er sich den Finger brach, aber er hielt die Waffe in der anderen Hand und drückte immer wieder auf die Waffe und den Abzug, bis sie endlich losging.

Verdammt!

Sergios düsteres Lachen hallte durch den Wald. Er rollte von mir weg, schoss in die Dunkelheit der Nacht und bedeckte den Wald mit einer Kugel nach der anderen in alle Richtungen.

Ich hörte einen hohen, weiblichen Schrei.

Das musste Ariella sein.

War sie erschossen worden?

Ich hätte Sergio niemals die Gelegenheit geben dürfen, die Waffe zu bekommen. Das war meine Schuld.

Alles war meine Schuld. Ich hatte das alles verursacht, obwohl ich mich nur mit Enzo und Angelo eingelassen hatte, um meine Nichte zu finden, klebte das Blut von allen an meinen Händen.

Ich war genauso schuldig wie die Mafia.

KAPITEL DREIUNDDREISSIG

ARIELLA

Mit dem Rücken an den Metallzaun gelehnt, blickte ich auf den Stacheldraht.

Es gab keine Möglichkeit, den Zaun zu überwinden, ohne mich zu verletzen. Ich hatte keine Schuhe, trug ein spärliches Nachthemd und keine Unterwäsche.

Es war, als ob ich mich selbst verstümmeln wollte.

Ein Schuss durchdrang die Luft.

Sergio.

Vielleicht war es gar nicht die schlechteste Idee, über den Zaun zu klettern.

Ein Brummen ertönte in der Ferne.

Verdammt, war das ein Bär? Nein, Bären kommen nachts nicht raus, richtig?

Ich hatte keine Ahnung, ob sie nachtaktiv sind. Ich wusste nur, dass ich noch nie einen gesehen hatte, abgesehen vom Zoo, und ich wollte auch nie in die Nähe eines Bären kommen.

Ich ging am Zaun entlang und drückte mit den Fingern gegen das Metall, in der Hoffnung, dass ich eine Lücke, einen Riss, eine Möglichkeit zum Weglaufen und Entkommen finden würde.

Ich versuchte, mich so leise wie möglich zu verhalten. Die Kugeln der Schrotflinte, die durch die Luft gejagt wurden , hatte mich nicht getroffen.

Hatte Sergio einen Warnschuss abgefeuert ?

Ich hatte erwartet, dass er schreien würde, dass er mir zu verstehen geben würde, dass ich mit ihm nach Hause kommen sollte, sonst würde er mich töten.

Das Schweigen war die einzige Antwort, die folgte.

Ich schluckte den Kloß hinunter, der sich in meinem Hals bildete. Hatte ich Angst?

Ja, ich war verängstigt.

Aber ich konnte nicht stillstehen.

Ich wollte nicht warten, bis ich von einem Monster erschossen, verprügelt, vergewaltigt oder gefoltert wurde.

Es war riskant, den Metallzaun in meinem Rücken zu behalten. Er markierte die Grundstücksgrenze. Zumindest nahm ich an, dass er deshalb existierte, aber er war auch eine Falle, wenn er näher kam.

„Tsk. Tsk." Sergios Stimme ertönte in der Ferne.

Mein Magen krampfte sich zusammen, und ich erstarrte.

Vielleicht konnte er meine Schritte hören. Wenn ich mich nicht bewegte, würde er mich dann nicht finden können? Ich verhielt mich ganz still in der dunklen Nacht.

Ich hielt den Atem an und lauschte dem Geräusch des Windes, der die Blätter peitschte und die Bäume zum Schwanken brachte.

Auch ich spürte, wie mein Körper schwankte. Nicht wegen des Windes, sondern wegen der Erschöpfung. Am liebsten hätte ich mich zusammengerollt, mich hingelegt und eine Woche lang geschlafen.

Aber mein Adrenalin hatte andere Pläne.

Die zitternden Hände hörten nicht auf, langsamer zu werden, aber wenigstens konnte er meine Hände nicht hören. Mein ganzer Körper war von Zittern geplagt. Bald würde er das Klappern des Zauns hören.

Ich stieß mich von dem Metall ab.

Ich musste Schutz suchen.

Gab es in der Nähe eine Höhle? Vielleicht ein Baum oder ein großer Felsen, wo ich mich verstecken und ungesehen bleiben konnte.

Kannte Sergio den Wald auswendig? War er oft in der Gegend?

Dies war sein Zuhause, sein Land. Ich musste annehmen, dass er jeden Zentimeter des Waldes kannte.

Seine Schritte entfernten sich. Er eilte in die entgegengesetzte Richtung.

Wo wollte er hin? Hatte er aufgegeben?

Ich atmete nervös aus und blieb noch eine ganze Minute lang still, bevor ich mich leise auf den Weg machte. Zumindest dachte ich, dass ich in diese Richtung gehen würde.

Vorhin hatte ich ein Fahrzeug gehört, Verkehr, was bedeutete, dass andere in der Nähe waren.

Ich musste die Person ausfindig machen und sie um Hilfe bitten. Hoffentlich waren sie nicht mit Sergio und seinem Trupp befreundet.

Die Zeit schien stillzustehen. Eine Schrotflinte knallte in die entgegengesetzte Richtung.

Waren Jaxson und das Team gekommen, um mich zu retten?

Ich hörte ein Handgemenge in der Ferne. Verdammt!

Tränen bedrohten meine Sicht. Ich bewegte mich weiter. Ich konnte nicht langsamer werden.

Ich beschleunigte mein Tempo durch den Wald. Meine Beine brannten. Meine Füße pochten und waren blutig, aber ich wurde nicht langsamer.

Was, wenn Sergio denjenigen erschoss, der mir zu Hilfe gekommen war? Was, wenn mich niemand finden würde? Niemand, der mich rettet.

Ich musste mich retten.

Ich rannte so schnell ich konnte. Ich stieß mich von dem Zaun ab und behielt mein Tempo bei, auch wenn meine Füße wund und aufgeschürft waren.

Eine Hand hielt mir den Mund zu.

Ich öffnete meinen Mund, um zu schreien und biss auf den Angreifer ein.

„Pssst, ich bin's, Sommersprosse." Jaxsons warmes Flüstern drang an meine Ohren.

Ich war noch nie so erleichtert, diesen Spitznamen zu hören oder seinen Körper eng an mich geschmiegt zu spüren.

Mein Körper zitterte und die Tränen strömten wie ein Fluss aus mir heraus.

„Atme durch", sagte Jaxson mit sanfter und beruhigender Stimme. „Jayden ist bei Sergio. Es ist noch nicht vorbei."

Es war nicht der richtige Zeitpunkt, um sich zu freuen.

Kugeln flogen durch die Luft. Jaxson zwang mich schnell zu Boden und schirmte meinen Körper ab, während aus einer Richtung Schüsse fielen.

„Jetzt wissen wir, wo Sergio ist", sagte Jaxson. „Ich muss dich hier herausholen und Jayden helfen. Kannst du unten bleiben?"

„Verlass mich nicht", flüsterte ich. Ich habe mich noch nie so hilflos gefühlt.

Ich wollte nicht hilflos sein. Ich wollte mutig sein, aber ich hatte Angst.

„Wer ist noch bei dir?" Die anderen Mitglieder von Eagle Tactical mussten da draußen sein und konnten helfen.

„Es sind nur Jayden und ich."

Ich wimmerte aus Protest. Ich wollte nicht, dass ihm etwas zustößt.

Er öffnete seine Weste. „Hier, zieh das an."

„Was? Nein." Ich konnte es nicht ertragen. Er hatte eine Tochter zu Hause. Ich hatte, nun ja, ich hatte mich. Das war alles.

„Du trägst es. Diskutiere nicht mit mir", sagte Jaxson mit fester Stimme. Er hatte sich bereits entschieden, und ich konnte ihn nicht überzeugen, egal, wie sehr ich es versuchte.

Die Wahrheit ist, dass ich mich nicht sehr angestrengt habe.

Ich hatte Angst, und Sergio wollte mich tot sehen.

Wahrscheinlich wollte er auch Jaxson und Jayden tot sehen, aber diese Jungs waren von einer ehemalige Spezialeinheit. Sie hatten eine militärische Ausbildung. Ich hatte nichts.

Ich lag zusammengekauert auf dem Boden, und Jaxson half mir schnell, die Weste zu sichern.

Er riskierte sein Leben für mich.

„Warte", flüsterte ich und zog ihn fest an mich. Meine Lippen prallten auf seine.

Wenn das ein Abschied war, wollte ich, dass er weiß, was ich fühle.

„Ich liebe dich", hauchte ich an seinen Lippen.

Jaxson zog sich zurück und grinste mich schief an. „Ja? Ich weiß. Ich liebe dich auch, Sommersprosse." Seine Lippen verschlangen mich ein weiteres Mal, bevor er sich zurückzog. „Bleib hier und bleib unten. Ich muss wissen, wo ich dich finden kann. Bewege dich nicht. Egal, was passiert. Okay?"

Ich nickte verständnisvoll und sah zu, wie er in der Nacht verschwand, um Jayden zu retten und Sergio davon abzuhalten, uns alle zu töten.

KAPITEL VIERUNDDREISSIG

JAXSON

Sie zu verlassen, war verheerend, aber ich vertraute darauf, dass sie in Sicherheit sein würde. Sie hatte meine Kevlar-Weste und ich gab ihr eine Pistole, bevor ich sie allein ließ.

Ich würde nicht zulassen, dass Ariella jemals wieder etwas zustößt.

Zumindest nicht heute Nacht.

Ich konnte sie vielleicht nicht vor jeder Kleinigkeit auf der Welt beschützen, aber ich konnte sie vor Sergio und dem Mob in Sicherheit bringen.

Ich ging einige Meter auf der anderen Straßenseite, bevor ich mich Sergio und Jayden näherte. Ich wollte nicht, dass Sergio von meiner vorherigen Position erfuhr.

Ariella zu beschützen, war alles.

Ich beeilte mich, nicht zu leise zu sein.

Mach schon, Kumpel, komm auf mich zu.

Er hatte seit ein paar Minuten keinen Schuss mehr abgefeuert, was entweder bedeutete, dass er keine Kugeln mehr hatte oder dass Jayden ihn in Schach gehalten hatte.

Als ich näher kam, gab es ein Handgemenge.

Jayden und Sergio rangen auf dem Boden und teilten gegenseitig Schläge aus.

Damit konnte ich umgehen.

Mit meinen Stahlkappenstiefeln trat ich Sergio, als er auf dem Boden lag, und traf ihn im Nacken. Ich packte ihn an den Haaren und riss ihn mit einer Hand von Jayden weg. Meine Waffe hielt ich ihm an den Hals.

Ich schob meine Waffe unter sein Kinn und schob es hoch.

„Macht es dir Spaß, Frauen zu entführen, zu verkaufen und zu vergewaltigen?"

Das war keine rhetorische Frage.

Er schnaufte und zuckte mit den Schultern, wahrscheinlich wollte er sich aus meinem Griff befreien.

Ich habe ihn nicht losgelassen.

Jayden stand auf, wischte seine Hose ab und griff nach der Waffe, die auf dem Boden lag und mit der Sergio Minuten zuvor mehrere Schüsse auf Ariella und mich abgefeuert hatte.

„Willst du nur dastehen und drohen oder den Job zu Ende bringen?", fragte Jayden.

„Ruf die Behörden an", sagte ich.

Jayden schüttelte den Kopf. „Er hat keine Zelle und drei Mahlzeiten am Tag verdient."

„Das liegt nicht an uns." Ich war kein Mörder.

Zumindest wollte ich keiner sein. Mit Angelo DeLuca hatte ich die Grenze überschritten. Meine Verhörmethoden waren zu weit gegangen und ich musste mit dem leben, was ich getan hatte. DeLuca war ein Monster, genau wie Sergio, aber sie zu töten, machte mich nicht zu einem guten Menschen Guten.

„Das ist es nicht!" Jayden hob die Waffe und richtete sie auf Sergios Kopf. „Sag mir, warum ich ihn nicht in

Stücke schießen soll?"

Sergio kicherte, während er Jayden anstarrte. „Du kannst es nicht."

KAPITEL FÜNFUNDDREISSIG

ARIELLA

Ich zitterte, als ich mich ins Gras legte. Ich hätte mich mit Ästen zugedeckt, wenn das möglich gewesen wäre.

In der Ferne ertönten Schüsse.

Meine Augen fielen zu.

Im Stillen betete ich, dass Jaxson in Sicherheit war und dass es ihm gut ging.

Die Kevlar-Weste fühlte sich eng an, schnürte mich ein. Ich schnappte nach Luft und konnte nicht mehr atmen, als würde ich ersticken.

Schritte huschten durch das Gras in meine Richtung.

Ich hatte nur eine Kugel gehört.

Wer war angeschossen worden?

War Jaxson in Sicherheit?

Was ist mit Jayden?

Meine Augen blieben geschlossen, weil ich Angst hatte, dass Sergio überlebt hatte und mich als Nächstes abknallen würde.

Aus Angst, er könnte das Weiße meiner Augen im Mondlicht glitzern sehen, vergrub ich meinen Kopf. Meine Haare fielen mir ins Gesicht.

Angst war keine Erklärung für das Grauen, das durch meine Adern floss und Adrenalin in mein Herz pumpte.

Schwere Schritte schlugen auf dem Boden auf.

Wer auch immer es war, versuchte nicht, seine Identität zu verbergen.

Warum sollten sie auch? Für sie war es vorbei. War es auch für mich vorbei?

Die eiligen Schritte kamen näher. „Geht es dir gut." Jaxsons Stimme klang wie Musik in meinen Ohren und ich blickte auf, um mich zu vergewissern, dass das, was ich sah, echt war.

„Ich habe einen Schuss gehört." Meine Unterlippe zitterte.

Jaxson beugte sich herunter und hob mich auf die Füße. Er legte seinen Arm fest um mich und musterte mich mit seinem Blick.

Das Adrenalin hörte nicht mehr auf zu wirken, als es noch Minuten zuvor der Fall gewesen war. Mein Körper wurde von Schüttelfrost geplagt, ein Zittern, das mich von Kopf bis Fuß erfasste.

Es war kein Krampfanfall. Nein, das war normal, wenn die Norepinephrinspitzen mich in meinem eigenen Spiel schlagen: dem Leben.

Er runzelte die Stirn. „Jayden, hilf mir mal." Jaxson reichte Jayden die Waffe, die er sich vorhin über die Schulter gehängt hatte.

Jaxson hob mich hoch und nahm mich in seine Arme.

„Was machst du da?", fragte ich. Ich habe mich nicht gewehrt. Ich schlang meine Arme um seinen Hals, während er mich trug und seine Arme unter meine Beine legte .

Er schien sich nicht im Geringsten zu wehren, aber es war bestimmt nicht leicht, mich durch den Wald zu tragen.

„Du hast keine Schuhe an, du zitterst sichtlich und ich kann dich nicht mit gutem Gewissen zum Truck zurücklaufen lassen. Der ist mindestens eine Meile entfernt", sagte Jaxson.

Jayden ging ein paar Meter vor uns her. Ich wusste nicht, ob er uns Ruhe gönnte oder sich selbst zurückhielt, und es war mir auch egal.

„Danke", flüsterte ich und atmete leise aus. Mein Kopf lehnte sich an seine Brust.

Ich saugte seinen Duft, seine Wärme und den Trost, den er mir spendete, in mich auf.

Das Zittern hörte zwar nicht auf, aber seine Umarmung reichte aus, um meinen emotionalen Zustand zu beruhigen, während ich mit meinem körperlichen Zustand immer noch zu kämpfen hatte.

„Wenn ich dich in meinen Truck gebracht habe, fahre ich dich ins Krankenhaus, um dich untersuchen zu lassen und sicherzustellen, dass es dir gut geht."

Warum musste er immer der vernünftige Erwachsene sein? „Jaxson", jammerte ich. „Ich will einfach nur nach Hause."

Obwohl ich wusste, dass er sich um mein Wohlergehen sorgte, mochte ich Krankenhäuser nicht.

Aber ich kannte auch niemanden, der das tat. Trotzdem wäre ich lieber nach Hause gegangen, unter die warme Decke gekrochen und hätte mich mit ihm zusammengerollt, während ich einschlief.

„Ich weiß, und das wirst du auch, wenn du dich untersuchen lässt", beharrte er. „Diskutiere nicht mit mir."

Er sprach in demselben Ton, in dem er auch mit Izzie sprach, und er ließ sie nicht zu Wort kommen.

Ich schätzte seinen Beschützerinstinkt, auch wenn ich nicht ins Krankenhaus gehen wollte. In der Notaufnahme ging es nie schnell. „Können wir nicht einfach in die Klinik in der Stadt gehen?", konterte ich.

———

Jaxson wollte das nicht zulassen. Er bestand darauf, mich die zwei Stunden zum Krankenhaus zu fahren. Es waren aber eher eine Stunde und zehn Minuten, denn wir waren zügig unterwegs und er fuhr schnell.

Es fiel mir schwer, zu schlafen. Die Trage war hart und unbequem. Die Ärzte hatten eine lächerliche Anzahl von Tests durchgeführt.

Wir warteten auf die Ergebnisse.

Jaxson saß neben mir, seine Augenlider waren schwer und er kämpfte darum, wach zu bleiben.

„Du kannst deine Augen schließen", murmelte ich.

„Erst, wenn wir zu Hause sind", sagte Jaxson.

Ich stieß einen schweren Seufzer aus. Und wann würde das sein? Die Sonne war schon aufgegangen. Das war sie schon, als wir im Krankenhaus ankamen.

„Wer passt auf Izzie auf?" Ich gähnte, als ich mich auf die Liege legte. Jaxsons Hand schmiegte sich in meine.

Das Zittern hatte nach der zweiten Infusion nachgelassen, aber noch nicht ganz aufgehört.

Wir warteten auf die Ergebnisse einer Reihe von Tests. Die Ärzte wollten sichergehen, dass ich nicht unter Drogen stand oder andere Probleme hatte, bevor sie mir meine normale Behandlung verschrieben.

„Declan ist bei Izzie im Haus.

„Was ist mit Delphine? Oh mein Gott, sie ist gestern Abend eingeflogen. Ich sollte sie doch abholen!"

„Ich weiß", sagte Jaxson. Er drückte sanft meine Hand. „Sie hat mich angerufen, als sie dich nicht erreichen konnte. Ich habe ihr gesagt, dass sie ein Taxi nehmen soll und dass ich die Fahrt zu mir bezahlen werde. Außerdem habe ich Declan geschickt, um sie hereinzulassen und Izzie ins Bett zu bringen. Er hat beschlossen, die Nacht bei uns zu verbringen, was mir sehr entgegenkam.

Meine Augenlider flatterten für einen kurzen Moment zu.

„Danke", flüsterte ich und öffnete meine Augen. Ich kämpfte darum, wach zu bleiben. Ich wollte nicht schlafen. Nicht hier. Und nicht jetzt.

„Ruh dich einfach aus." Er klopfte mir mit seiner anderen Hand auf die Schulter.

Leichter gesagt als getan. Die hellen Neonröhren über mir summten jede Sekunde. Die Zeit fühlte sich an, als stünde sie still. Aber wenigstens war ich in Sicherheit.

Der Arzt klopfte nicht einmal an, als er den Vorhang zurückzog und den Raum betrat. „Ich habe gute Nachrichten. Euch beiden geht es gut."

„Uns beiden?" Wovon sprach er? Ich warf einen Blick auf Jaxson.

„Ja, dir und dem Baby." Der Arzt hielt inne. „Sie wussten nicht, dass Sie schwanger sind?"

„Nein. Ich meine, ich hätte nicht gedacht, dass ich es nach dem letzten Mal sein könnte." Ich atmete nervös aus.

„Nun, ihr seid beide gesund. Aber ich schlage vor, dass Sie bald einen Gynäkologen aufsuchen. Ich befürchte, dass eines der Medikamente, von denen Sie uns erzählt haben, dass Sie es einnehmen, Probleme verursachen kann und dass nicht empfohlen wird, es während der Schwangerschaft einzunehmen. In der Zwischenzeit werde ich Ihnen ein Medikament verschreiben, das Ihre Herzfrequenz senkt, aber Sie sollten weiterhin Bettruhe halten, bis Sie bei dem Arzt waren, der Sie wegen der autonomen Dysfunktion behandelt."

„Okay", flüsterte ich.

Wir waren schwanger. Jaxson und ich würden ein Baby bekommen.

KAPITEL SECHSUNDDREISSIG

Skylar

Jayden hatte mich nicht eingeladen, bei ihm zu wohnen, aber ich hatte ihm keine andere Wahl gelassen. Er war der Grund, warum mein Bruder nicht mit mir sprach und mich aus seinem Haus geworfen hatte.

Na ja, ein wenig war es auch meine Schuld, aber ich brauchte trotzdem einen Platz zum Schlafen.

Während Lincoln Harper zur Untersuchung brachte, setzte Declan schließlich Jaydens Nichte und mich an Jaydens Wohnung ab.

Ich kannte mich dort aus und zeigte Lexa kurz das Gästezimmer, bevor ich ihr die Wohnung zeigte.

Das bedeutete, dass ich in Jaydens Zimmer übernachtete, ob er es wollte oder nicht.

In seiner Wohnung hatte ich schon ein paar Sachen für unsere Scheinbeziehung verstaut. Eine Handvoll Fotos, ein paar Klamotten und sogar einen Kopfkissenbezug auf dem Bett, nur für den Fall, dass sein Chef unangekündigt in der Wohnung auftauchen würde, um mich zu treffen.

Zum Glück war das nicht passiert, obwohl ich davon geträumt und Albträume von einem gesichtslosen Mann gehabt hatte, der die Tür eintrat und mich verhörte.

Und das war, bevor ich gezwungen wurde, mit Angelo DeLuca zu gehen und Ben bei der Entführung der Mädchen zu helfen.

Wie konnte ich jemals mit dem leben, was ich getan hatte?

Würde Jaxson mir jemals verzeihen? Was ist mit Ariella und Izzie?

Lexa ging direkt ins Bett. Ich konnte es ihr nicht verdenken. Ich war auch erschöpft.

Ich schlüpfte in eines von Jaydens T-Shirts, das mir bis knapp über das Knie reichte.

Es roch einmalig nach ihm, stark und moschusartig, mit einem Hauch von Sägemehl. Ich hatte ihn noch nie mit einer Säge arbeiten sehen, aber ich hatte auch nicht so viel Zeit mit ihm verbracht.

Ich war wütend auf ihn, gab ihm die Schuld für das, was passiert war, aber er ging hin und riskierte sein Leben, um Hazel und Ariella zu retten.

Vielleicht war er nicht der Bösewicht, sondern nur der böse Junge.

Ich kletterte unter die Decke. Alles roch nach Jayden.

Der Geruch war überwältigend. Meine Augen brannten, als ich in das Kissen schluchzte.

Ich hasste mich selbst, was ich getan hatte, was ich geworden war, um mich zu retten.

Wie sollte ich es bei meiner Familie und meinen Freunden wiedergutmachen?

Es war unmöglich, zu schlafen. Ich wälzte mich hin und her. Ohne mein Handy hatte ich nicht die geringste Ahnung, wann Jayden nach Hause oder ob er lebendig nach Hause kommen würde.

Was, wenn sich die Auktion zum Schlechten wendet?

Die Nacht zog sich in die Länge, und schließlich schien das Tageslicht durch die Vorhänge. Gerade als ich vor

Erschöpfung einschlief, öffnete sich die Schlafzimmertür, und ich wurde wachgerüttelt.

„Jayden?", murmelte ich und rieb mir den Schlaf aus den Augen.

„Es ist alles vorbei", sagte er mit rauer und tiefer Stimme.

„Hazel und Ariella, geht es ihnen gut?", fragte ich, als ich mich im Bett aufsetzte. Ich zog die umliegenden Decken fest in meine Hände.

„Hazel, ich habe sie von der Auktion gerettet. Jaxson und ich mussten Capo Sergio verfolgen und Ariella zurückholen. Sie ist auf dem Weg ins Krankenhaus, aber ich glaube, es geht ihr gut." Er zog sich aus und schien sich nicht darum zu kümmern, dass ich in seinem Bett lag.

Seine Schuhe ließ er zuerst auf dem Boden fallen, während er sein Hemd auszog und es in den nahe gelegenen Wäschekorb warf. Jayden öffnete den Reißverschluss seiner Hose und warf sie zusammen mit seinen Boxershorts in den Mülleimer.

Ich versuchte, ihn nicht anzustarren.

Es schien ihn nicht im Geringsten zu stören. Er schlenderte durch den Raum zum Badezimmer und schaltete das Licht an.

Meine Augen brannten und ich blinzelte, als er die Tür offen ließ. „Ich gehe duschen. Ich muss mich von dem ganzen Dreck befreien. Hast du dich schon gewaschen?", fragte Jayden.

„Ich, äh, nein." Ich war zu müde, zu kaputt, um etwas anderes zu tun, als mich in Selbstmitleid zu suhlen. „Ich hätte es wahrscheinlich machen sollen."

„Willst du dich mit mir waschen? Gemeinsam duschen? Zusammen Wasser sparen."

Ich rieb mir die müden Augen, rutschte auf der Matratze hin und her und warf meine Beine über die Bettkante. Ich schwankte einen Moment, bevor ich vorwärts trat und ihm ins Bad folgte.

„Das ist mein Mädchen", sagte Jayden und grinste mich schief an. „Es tut mir so leid, was passiert ist."

„Pssst", sagte ich und brachte ihn mit meinem Finger an den Lippen zum Schweigen.

Er stieß die Tür mit dem Fuß zu, drückte mich mit dem Rücken dagegen und hob meine Hände über den Kopf.

„Das wollte ich mit dir machen, seit du das erste Mal in die Bar gekommen bist", flüsterte Jayden.

Er hat mich nicht geküsst. Er starrte mich nur an. Wollte er mich absichtlich ärgern?

„Worauf wartest du noch?", fragte ich und versuchte, wieder zu Atem zu kommen.

„Auf Erlaubnis", sagte Jayden mit rauer und tiefer Stimme. „Anders als diese Männer nehme ich mir nicht, was mir nicht gehört."

„Ich will dir gehören", gestand ich.

War es das, was er hören wollte?

Seine Lippen sanken hart auf meine, unsere Münder prallten aufeinander und unsere Zungen kämpften um die Kontrolle.

Er drückte mich an die Tür, sein nackter Körper presste sich fest an mich.

Das Einzige, was zwischen uns war, war das Hemd, das ich trug.

„Das musst du ausziehen, wenn du duschen willst", sagte Jayden und beäugte mein Hemd.

Ich gluckste, während ich meine Arme immer noch über meinem Kopf gegen die Tür stemmte.

„Das ist schwer, wenn ich meine Arme nicht benutzen kann. Vielleicht solltest du mich ausziehen", sagte ich.

Jayden knurrte. Sein Verlangen stachelte mich an. Er führte meine Hände zusammen, eine Hand hielt mich fest, die andere führte mein Hemd Zentimeter für Zentimeter nach oben. Seine Berührung war warm und sanft, viel zärtlicher, als ich es erwartet hatte.

Seine Lippen kitzelten mein Ohr und ließen meinen Körper erschaudern, als ich vor Verlangen ganz kribbelig wurde.

„Es tut mir so leid", flüsterte er mir ins Ohr. Sanfte Küsse tanzten über meinen Hals, als er den festen Griff um meine Handgelenke lockerte und mich befreite. „Ich hätte dein Leben nicht riskieren dürfen." Sein Blick war auf mich gerichtet.

„Wir haben beide Fehler gemacht", gab ich zu und begegnete seinem Blick. Wir würden mit den Konsequenzen leben müssen. Im Moment wollte ich mich einfach nur lebendig und geliebt fühlen.

Ich beugte mich vor, und unsere Lippen trafen erneut aufeinander. Ich wollte keine Entschuldigung von ihm hören. Ich wollte seine Bewunderung und seine Fürsorge spüren.

„Ich muss vergessen", flüsterte ich gegen seine Lippen und zupfte sanft mit meinen Zähnen an seiner Unterlippe. „Bitte, lass den Schmerz verschwinden."

Jayden öffnete seinen Mund und stieß einen leisen Seufzer aus. Wollte er mir sagen, dass er nicht weiß, wie?

So schnell wie der Blick der Dunkelheit und Traurigkeit über sein Gesicht ging, war er auch wieder verschwunden.

Sein Mund senkte sich auf meinen, und er beseitigte die letzte Barriere zwischen uns, indem er das Hemd auf den Boden warf. Jayden nahm mich in seine Arme und setzte mich auf den Rand des Waschbeckens.

Er holte ein Kondom aus der Schublade, riss es auf und wickelte es ab, bevor sein Blick auf meinen traf.

„Bist du sicher?"

„Ja", sagte ich. Meine Hand griff nach ihm, streichelte ihn, berührte ihn, um ihm zu beweisen, dass ich das mit ihm wollte.

Ich hatte heute die Hölle durchgemacht, aber die anderen Mädchen, die eigentlich meine Freunde sein sollten, hatten noch viel Schlimmeres durchgemacht. Jayden musste mir nicht erzählen, was er erlebt hatte, um den Schmerz und die Qualen hinter seinem stählernen Blick zu sehen.

Seine Wärme erfüllte mich, trieb mich an und ließ mich den Schmerz und die Qualen vergessen, die mein Herz verdunkelt hatten.

Ich schlang meine Beine um ihn und zog ihn mit jedem Stoß tiefer und fester zu mir heran. Meine Finger gruben sich in seine Schulter und markierten ihn.

Jayden stöhnte, zog sich zurück und fuhr sich mit der Hand durch die Haare. Seine Augen sahen verzweifelt aus.

„Willst du mich ernsthaft zu Tode reizen?" Warum zum Teufel hatte er aufgehört?

„Ich wollte nicht, dass unser erstes Mal so abläuft", murmelte er und begegnete meinem Blick. „Du hast etwas Besseres verdient."

„Da bin ich mir nicht so sicher." Ich lachte düster. Ich starrte ihn an, mein Blick war unerschütterlich. Meine Finger zogen eine zarte Spur über seine Brust. „Bitte, ich möchte einfach etwas anderes als Bedauern empfinden, und mit dir könnte ich das nie bereuen.

Jaydens Lippen pressten sich fest auf meine. „Ich habe mir in den letzten Monaten vorgestellt, dich in der Bar zu ficken", flüsterte er. „Aber du verdienst die königliche Behandlung. Wein, Abendessen und ein ausgiebiges Vorspiel."

„Das klingt gut für das nächste Mal. Heute Abend ist es mir egal, ob wir es im Bad oder in der Bar machen. Ich will nur dein Stöhnen hören und wie du meinen Namen schreist."

„Bossy." Jayden lachte. Seine Finger verhedderten sich in meinen Haaren, als er meine Lippen auf seine presste und sich an mich klammerte.

Ich stöhnte vor Vergnügen. Ich wollte, dass er weiß, dass ich mich bei ihm gut fühle, und ich wollte nicht, dass er es sich noch einmal anders überlegt.

Heute Nacht würde es keine Reue geben, zumindest nicht zwischen uns beiden.

Meine Augen fielen zu, als das Gefühl immer stärker und intensiver wurde.

„Komm für mich, Skylar", flüsterte er mir ins Ohr.

Ich drückte mich enger an ihn, mein Inneres pulsierte. Ich war schon so nah dran und stand kurz vor dem Höhepunkt. Meine Zehen krümmten sich und ich hörte, wie er näher kam.

Alles fühlte sich an wie ein Feuerwerk, das um mich herum explodierte, als ich in seiner Umarmung zitterte und nach Luft schnappte, als wir uns beide lösten.

„Duschen?", murmelte er, als er aus mir herausglitt und das Kondom in den Papierkorb warf.

Ich lachte leise vor mich hin. Deshalb war ich zu ihm ins Bad gegangen. Ich rutschte vom Waschbecken, meine Beine waren wie Gelee.

Jayden hielt mich fest, seine Hände auf meinen Hüften. „Geht es dir gut?"

Ich nickte und starrte zu ihm hoch. „Perfekt."

KAPITEL SIEBENUNDDREISSIG

ARIELLA

Auf dem Heimweg vom Krankenhaus war ich im Auto eingeschlafen.

Ich wusste nicht, wie Jaxson es geschafft hatte, wach zu bleiben.

Der Truck kam sanft zum Stehen, aber ich wurde wach. „Sind wir zu Hause?" Ich gähnte und rieb mir den Schlaf aus den Augen.

„Ja", sagte Jaxson. Er stellte den Motor ab, kletterte aus dem Auto und kam zu mir, um mir beim Aussteigen zu helfen und mich durch die Haustür zu tragen.

Meine Füße waren bandagiert und taten höllisch weh von der Verfolgungsjagd durch den Wald, aber ich würde es überleben. Außerdem war das die geringste meiner Sorgen.

Ich war schwanger und musste mich nicht nur um mich selbst kümmern, sondern auch um den kleinen Jungen oder das kleine Mädchen, das in mir heranwuchs.

Lähmende Angst war eine Untertreibung für das, was ich fühlte.

Jaxson trug mich ins Haus, setzte mich auf das Sofa und schaltete die Alarmanlage aus, bevor er das Haus abschloss. „Willst du gleich ins Bett oder hast du Hunger?"

Ich konnte meine Augen kaum noch offen halten. „Schlafen klingt wunderbar. Ich kann mich einfach auf die Couch legen." Ich drehte mich um und streckte mich aus.

„Izzie wird bald aufstehen", erinnerte mich Jaxson. „Wie wäre es, wenn ich dich ins Bett bringe und dich zudecke?"

„Was ist mit dir?" Ich wollte nicht von ihm getrennt sein. Ich wusste, dass es wahrscheinlich eine Kombination aus den Hormonen und dem Trauma, das ich durchgemacht hatte, war, aber ich fühlte mich unglaublich bedürftig.

Ich hasste es, wie ich mich fühlte, als wollte ich nie wieder allein sein.

„Ich bin erschöpft. Ich gehe ins Bett, sobald ich Declan gesagt habe, dass wir zu Hause sind. Okay?"

———

„Du bist zu Hause", sagte Delphine mit einem warmen Lächeln im Gesicht. „Ich bin froh, dass es dir gut geht. Der Freund deines Freundes hat mir erzählt, was passiert ist. Declan, stimmt's?"

Mein Freund.

Ich lächelte leise, als meine Schwester Jaxson so nannte. Wir hatten keine Bezeichnungen verwendet.

„Ja, tut mir leid, dass ich dich am Flughafen verpasst habe."

Delphine winkte abweisend mit der Hand. „Das ist keine große Sache. Ich meine, bei dem, was du durchgemacht hast, darfst du nicht mal daran denken." Sie rückte auf dem Sofa näher an mich heran. „Ist es wahr, dass Ben hinter deiner Entführung steckt?"

Ich stieß einen schweren Seufzer aus. Ich war mir nicht sicher, ob ich bereit war, darüber zu reden, aber es schien, als hätte Declan sie in das eingeweiht, was er zu der Zeit wusste.

Ich nahm es ihm nicht übel. Er musste ihr etwas sagen, und es war besser, wenn sie die Wahrheit erfuhr.

Dann würde sie mich wenigstens nicht dafür hassen, dass ich nicht aufgetaucht bin, als ich ihr versprochen hatte, sie abzuholen .

„Es ist in Ordnung, wenn du nicht darüber reden willst", sagte Delphine. Sie stand auf und ging in die Küche. „Ich werde mir eine Tasse Kaffee holen. Willst du auch eine?"

„Ich kann nicht", sagte ich. Ich musste auf alles achten, was meinen Herzschlag erhöhte, erst recht in der Schwangerschaft.

„Oh, das stimmt." Delphine nahm an, dass es an meinem Gesundheitszustand lag. Sie war mit tollen Genen gesegnet worden.

Ich nicht.

Wir hatten immer noch niemandem von dem Baby erzählt. Ich wollte es nicht heraufbeschwören.

„Ich bin froh, dass du gekommen bist. Es ist schön, dich zu sehen", sagte ich. Die Lage war immer noch angespannt, aber wenigstens versuchte sie es. Ich hatte das Gefühl, dass ich seit Bens erster Verhaftung vor über einem Jahr die Einzige war, die es versucht hatte.

Delphine legte einen Arm um mich und umarmte mich, so wie ich es schon lange erwartet hatte. „Schwesterchen, es gibt keinen Ort, an dem ich lieber wäre. Es tut mir leid, dass ich auf meinen dummen Mann gehört habe. Ich hätte ihn abservieren und früher hierherfliegen sollen."

Ich lachte leise vor mich hin. „Ist schon in Ordnung. Die Liebe lässt uns dumme Dinge tun."

„Wem sagst du das?", sagte Delphine mit einem Grinsen.

„Was hat dich dazu bewogen, nach all der Zeit hierherzukommen?", fragte ich. Es konnte nicht nur daran liegen, dass sie merkte, dass Ben ein Idiot war.

Delphines Lächeln verblasste auf ihren Lippen. „Die Wahrheit ist, dass dein Freund mich angerufen hat."

„Was?"

Warum sollte Jaxson das tun?

„Er rief mich an, um mir zu erzählen, dass du vor ein paar Monaten von Ben entführt wurdest, und er bat mich, dich zu besuchen. Ich hätte schon früher kommen sollen."

Ich wollte wütend auf Jaxson sein, weil er sich eingemischt hatte, aber ich verstand, was er vorhatte. Seine Absichten waren gut, aber ich war nicht glücklich darüber, dass er Delphine hinter meinem Rücken anrief.

„Ich kann nicht glauben, dass er dich angerufen hat", sagte ich.

„Er hätte mich nicht anrufen müssen, wenn du mir gesagt hättest, dass Ben dich entführt hat", sagte Delphine. „Ich wünschte nur, du würdest mir vertrauen. Wir sind eine Familie, und ich weiß, dass ich nicht immer für dich da war. Das tut mir leid."

„Das liegt an der Vergangenheit." Ich wollte ihr verzeihen und weitermachen. Sie war jetzt hier, und das war doch das Wichtigste, oder?

Wir kamen uns endlich wieder näher.

„Ist Ben wieder im Gefängnis?", fragte Delphine. „Haben sie ihn geschnappt? Declan hat erklärt, dass Ben Teil des Menschenhändlerrings war."

„Jaxson und das Team sind gerade dabei, ihn aufzuspüren."

Sie zog die Stirn in Falten. „Sie werden ihn fangen, richtig?"

Ich würde mich nie sicher fühlen, bis er verhaftet und hinter Gittern ist.

KAPITEL ACHTUNDDREISSIG

Jayden

Ich war nicht begeistert, wieder ohne Waffe hier zu sein.

Jaxson hatte darauf bestanden, dass ich einen Ohrhörer und ein Kabel trug, das alles, was ich sagte, an das Team von Eagle Tactical weiterleitete.

Sie wollten Enzo Ricci festnageln und, was noch wichtiger war, Benjamin Ryan finden.

Ich pirschte mich an die Haustür von Enzos luxuriöser Villa heran und stellte mich mit erhobener Handfläche vor die Tür.

Ich klopfte fest und wartete.

Schweigen war die einzige Antwort, die ich erhielt.

„Don Ricci?" Ich klopfte erneut und klingelte an der Tür.

Immer noch keine Antwort.

Ich trat von der Veranda und warf einen Blick durch das Fenster. Das Licht war ausgeschaltet. Es war niemand im Haus zu sehen.

Drei Autos waren vor dem Grundstück geparkt, aber das Auto, von dem ich wusste, dass er es regelmäßig fuhr, der selektiv-blaue Evora Lotus, war nirgends zu sehen.

„Er ist nicht hier", sagte ich zu Jaxson und dem Team.

Sie hatten mich auf eine Mission geschickt, aber sie waren nicht weit weg und hörten den Funkverkehr von ihrem Truck aus ab. Sie waren in Bereitschaft, falls ich Verstärkung brauchte.

„Du hast noch andere Verbindungen zur Familie Ricci. Ruf sie an." Jaxsons Tonfall war scharf und jagte mir einen Schauer über den Rücken.

„Ja, bin schon dabei."

Ich stieß einen schweren Seufzer aus und kramte mein Handy aus der Tasche. Ich scrollte durch mein Handy und blieb stehen, als ich auf Dante Riccis Namen stieß.

Er war Enzos Stellvertreter.

Wir hatten zusammen Geschäfte gemacht und er war derjenige gewesen, der mich darüber informiert hatte, was los war, als Enzo mich von der Party geworfen und Skylar in Besitz genommen hatte.

Mein Blut kochte, wenn ich nur daran dachte, wie sie Skylar und mich wie Schachfiguren behandelt hatten.

Dante nahm gleich nach dem ersten Klingeln ab.

„Ich habe nicht erwartet, von dir zu hören", sagte Dante.

„Ich muss dich sehen." Ich wollte das nicht über das Telefon machen.

Ich wartete einen Moment lang. Stille herrschte in der Telefonleitung.

„Dante?"

Hatte er aufgelegt?

„Ich komme in die Bar", sagte Dante. „Zwanzig Minuten."

Ich würde fünfundzwanzig Minuten brauchen, um zu der Bar zu kommen, in der ich arbeitete. Ich legte den Anruf auf und eilte zu meinem Auto.

„Dante will, dass ich ihn in der Bar treffe", sagte ich. Es gab nur eine Bar in Breckenridge.

„Wir sind gerade auf dem Weg dorthin", antwortete Lincoln in das Kommunikationsgerät.

„Toll", murmelte ich. Das war genau das, was ich brauchte: das gesamte Eagle Tactical Team und die Mafia, die sich Kopf an Kopf gegenüberstehen.

Mein Fuß war wie Blei auf dem Pedal, ich flog über die Schotterstraßen und wirbelte Steine und Dreck in einer Staubwolke hinter mir auf.

Ich eilte auf die Bar zu. Es hätte mich nicht überraschen sollen, dass Dante mich dort treffen wollte. Es war schließlich ihr Revier.

Dante gehörte die Bar, er wusch dort Geld, und so hatte er die Macht über Enzo erlangt und sich sein Vertrauen als sein Stellvertreter verdient.

Was ist mit Enzo passiert?

War er jetzt gerade mit Dante in der Bar? Hatten sie mich deshalb gebeten, mich ihnen anzuschließen?

Ich hielt vor dem Haus an und stellte den Motor ab. Schwer atmend durchsuchte ich das Handschuhfach nach einer Waffe.

Ich schob die Glock in den Hosenbund, bevor ich ausstieg und auf die Eingangstür der Bar zuging.

Die Scharniere des schweren Holzes quietschten, als ich sie aufriss.

In der Eckkabine, dem dunkelsten Teil der Bar, saß Dante mit dem Rücken zur Wand, den Blick auf die Tür gerichtet.

Jaxson und Lincoln saßen an der Bar, beide mit einem Drink in der Hand, aber sie schienen nichts zu trinken.

Das Lokal war fast leer.

Dante hatte auf mich gewartet.

Wie lange war er schon hier?

Dante nuckelte an einer Flasche mit kaltem Bier. Seine Finger streichelten das Glas. „Schön, dass du dich mir anschließt", sagte er.

Ich kletterte in die Kabine und setzte mich ihm gegenüber. Es war mir unangenehm, mit dem Rücken zur Tür zu sitzen. Mir wurde flau im Magen, weil ich das Gefühl hatte, dass sich jemand von hinten nähern könnte und ich ihn nicht sehen würde.

Aber Jaxson und Lincoln waren nur ein paar Meter entfernt. Sie würden mir den Rücken freihalten.

Zumindest hoffte ich, dass sie mir den Rücken freihalten würden. In letzter Zeit hatte ich sie nicht gerade in Schutz genommen.

Ich wollte es wiedergutmachen und es ihnen recht machen.

„Enzo hat nicht aufgemacht", sagte ich.

Dante zuckte mit den Schultern und nippte an seinem Bier. „Ich nehme an, er ist nicht zu Hause."

Nun, das war kryptisch.

„Ich habe Fragen", sagte ich. „Zunächst einmal habt ihr mich alle verraten, indem ihr meine Verlobte entführt und dem Feind übergeben habt."

Dante hob eine Hand. „War sie wirklich deine Verlobte?"

Hatte er die Scharade durchschaut?

„Wo ist Benjamin Ryan?", fragte ich, ignorierte Dantes Frage und wechselte das Thema.

„Du meinst die Ratte", murmelte Dante leise vor sich hin. „Sag du es mir. Du hast ihn angeheuert." Dantes Augen verdichteten sich und er zuckte zusammen.

„Du weißt, wo er ist", sagte ich und beugte mich vor. „Sag es mir und ich halte dich aus dem Schlamassel raus, den Enzo und Angelo sich selbst eingebrockt haben."

Er nahm noch einen Schluck von seinem Bier. „Sie haben sich ihre Gräber geschaufelt. Ich habe Enzo immer gesagt, dass er sich nicht mit Angelo einlassen soll. Du kannst nie einem anderen Don trauen, aber Enzo hatte nur Mut und kein Hirn."

War?

War ihm klar, dass er über ihn in der Vergangenheitsform sprach?

„Enzo ist tot?", fragte ich.

Dante hat meine Frage nicht beantwortet. Zumindest nicht direkt.

„Er hat sein Bett gemacht und liegt darin."

„Was ist mit Ben?", fragte ich. „Er hat die Familie Ricci verraten. Das ist nicht umsonst."

Dante trank sein Bier aus und winkte den Barkeeper kurz herüber. Er wartete, bis wir wieder allein waren, bevor er sprach.

„Wusstest du, dass Enzo dich als Verräter verdächtigt hat?", fragte Dante.

Ich schwieg, weil ich nicht sagen wollte, dass Enzo recht hatte. Ich hatte ihn verraten, um die Mädchen zu retten, aber ich war nicht der Einzige gewesen. Ben hatte uns alle verraten.

„Wenn ich es wäre, würde ich dann zu dir kommen?", fragte ich. „Das klingt wie Selbstmord."

„Die Wahrheit ist, dass ich Enzos letzte Geschäfte nie mochte." Er schnaubte und schüttelte den Kopf. Seine Oberlippe kräuselte sich vor Abscheu. „Ich bin beileibe kein Heiliger, aber die Dinge werden sich hier bessern, und du kannst mir garantieren, dass DeLucas Männer aus der Stadt vertrieben werden.

War das eine Drohung?

„Du bist der neue Don", sagte ich und mir wurde klar, dass Dante die Ricci-Familie übernommen hatte. Er war nicht nur der Zweite, sondern er hatte auch Enzos Männer hinter sich, eine Armee, die ihn unterstützte.

„Du hast Glück, dass ich dich mag", sagte Dante. „Aber ich traue dir nicht mehr zu, ein Partner zu sein. Das war Enzo, der dich anheuern wollte. Du kannst gerne auf einen Drink zu mir kommen, aber du musst dir einen anderen Arbeitsplatz suchen."

Das war für mich in Ordnung.

„Wir werden nicht zulassen, dass du noch mehr Frauen oder Kinder stiehlst." Ich wollte ihm klarmachen, dass ich nicht zulassen würde, dass er noch jemandem in Breckenridge etwas antut.

Dante lachte leise vor sich hin. „Wie ich schon sagte, war ich kein Fan von Enzos Geschäftspraktiken und habe nicht vor, seine Spielchen fortzusetzen. Ich habe andere Dinge, die mich interessieren und die ich nicht mit dir besprechen möchte."

Er nahm noch einen Schluck von seinem Bier, bevor er die Flasche energisch auf dem Tisch abstellte. „Deine Verlobte, oder was auch immer sie ist, ich habe kein Verlangen nach ihr. Solange sie meinen Namen nicht in den Mund nimmt, kannst du sicher sein, dass meine Männer dich in Ruhe lassen werden."

„Ist das eine Drohung?" Wenn Skylar gegen Dante aussagte, würde er dann ihr Leben gefährden?

Dante lächelte. „So wie ich das sehe, habe ich nichts falsch gemacht. Enzo hat dir deine Verlobte weggeschnappt und du hast Ben angeheuert. Meine Hände sind sauber."

„Wo ist Ben?" Ich war hierhergekommen, um Benjamin Ryan ausfindig zu machen, und ich hatte nicht die geringste Information darüber erhalten, wo er zu finden war.

„Sag du es mir; er hat die Familie Ricci für die Familie DeLuca verraten. Ratten enden tot, aber ich habe ihn nicht getötet. Er wurde nicht bei dem Blutvergießen niedergemetzelt?"

Ich öffnete meinen Mund, schloss ihn aber genauso schnell wieder. Ben war korrupt, aber ich war auch kein Heiliger. Wie ich es geschafft hatte, dem Gefängnis zu entkommen und mein Leben zu ändern, war ein Wunder.

„Wenn ich Ben in die Finger bekomme, ist er ein toter Mann. Vielleicht sollte ich ihm aber auch danken. Jetzt, wo Don DeLuca von der Bildfläche verschwunden ist, Sergio tot ist und seine Wachen überall auf dem Gelände verteilt sind, ist mein neuester Feind Angelos Stellvertreter Gino, und der ist zu alt, um an der Front zu stehen. Es ist, als hätte man mir die Rolle des Don einfach gegeben. Und schon bald werden die DeLucas unter meiner Kontrolle sein. Ich nehme an, das habe ich dir und deinem hübschen kleinen Team zu verdanken?"

Dante hielt Jaxson und Lincoln, die an der Bar saßen, ein Bier hin und prostete ihnen zu.

„Das Beste daran ist, dass ich Ginos Tochter Nicole im Visier habe. Dieses heiße Stück Arsch werde ich in die Finger bekommen und sie ruinieren."

KAPITEL NEUNUNDDREISSIG

ARIELLA

Ich konnte dem Arzt im Krankenhaus immer noch nicht glauben. Er musste sich geirrt haben.

Ich war schwanger?

Wie konnte ich schwanger sein? Ich meine, ja, wir waren nicht hundertprozentig vorsichtig gewesen, aber mir wurde versichert, dass ich nicht wieder schwanger werden konnte.

Meine letzte, und einzige, Schwangerschaft mit meinem Sohn war schwierig gewesen. Er war zu früh geboren worden und hatte das Leben außerhalb der N.I.C.U. nicht überlebt.

Jaxson hatte mich zu einem Geburtshelfer, einem Neurologen und einer Hebamme begleitet, die mir alle bestätigten, dass es mir gut ging, dass die Medikamente angepasst wurden und dass das Baby nach allen Tests gesund war.

Bettruhe war keine Bedingung, solange ich mich schonte, nicht zu viel Stress hatte und meine Herzfrequenz innerhalb der normalen Grenzen lag.

Die Ärzte versicherten Jaxson und mir auch, dass wir Sex haben könnten, solange wir darauf achteten, nichts zu Anstrengendes zu tun, und empfahlen ein Bett, irgendetwas, das mich im Sitzen oder Liegen hält.

Meine Wangen hatten vor Verlegenheit geglüht. Aber Jaxson hatte den Eindruck, dass er sich bei den Terminen Notizen machte, um zu lernen, was er mit seiner schwangeren Freundin machen durfte und was nicht.

Jaxson bestand darauf, dass ich meine Herzfrequenz ständig überwachte, was mit einer Smartwatch nicht kompliziert war. Er war mehr als nur ein wenig überfürsorglich, aber ich wusste seine Sorge zu schätzen.

Außerdem war er nicht der Einzige, der sich Sorgen um die Gesundheit des Babys machte.

Wie könnte ich keine Ängste haben, nachdem ich das letzte Mal schwanger gewesen war? Die gute Nachricht war, dass die chronischen Symptome, die mich geplagt hatten, im zweiten Trimester minimal waren. Durch die Schwangerschaft hatte ich mich zumindest vorübergehend besser gefühlt.

Ich konnte mich leichter bewegen, ohne dass mein Herzschlag beim Stehen in die Höhe schoss. Mein Magen hatte sich zwar verkrampft, aber das lag an der Sorge um unser Kind und nicht an den Adrenalinschüben, an die ich gewöhnt war.

Als wir uns im Bett zusammenrollten, streifte Jaxsons Hand meinen wachsenden Bauch. Ich hatte unseren kleinen Kürbis zwar noch nicht gespürt, aber das war nur eine Frage der Zeit.

Ich rollte mich auf den Rücken, und Jaxson hob den Saum meines Shirts an und verteilte sanfte Küsse auf meinem Bauch. „Ich habe dich noch nie so eifrig meinen Bauch küssen sehen", neckte ich ihn.

Seine langen, dunklen Wimpern flatterten, als er mich anlächelte . „Das muss ich ändern, Sommersprosse." Seine Berührung war sanft und leicht und verursachte in meinem Bauch ein Gefühl von tausend Schmetterlingen.

Meine Augen weiteten sich und ich merkte, dass es nicht meine Nerven oder seine Berührung waren, die mich erregten. Nun, das tat es auch. Aber es war das Baby.

„Oh mein Gott! Hast du das gespürt?" fragte ich und starrte in Jaxsons Blick.

„Das Baby mag meine Aufmerksamkeit."

„Welcher vernünftige Mensch würde das nicht tun?", fragte ich. Meine Finger verhedderten sich in Jaxsons Haar und streichelten seine Kopfhaut. „Ich habe fast Angst, es zuzugeben, aber ich bin gerne schwanger.

Jaxson starrte zu mir hoch. Sein Atem schwebte gegen meinen Bauch. Seine Hand ruhte auf der kleinen Beule. „Es steht dir", sagte er. „Es stimmt, dass eine schwangere Frau strahlt."

Ich rollte mit den Augen und rümpfte die Nase. „Ich bin mir nicht sicher, ob ich das glaube", sagte ich und lachte. „Aber du solltest wissen, dass meine Symptome, an die ich mich gewöhnt habe— Herzrhythmusstörungen, Übelkeit, all das chronische Übel—besser zu sein scheinen. Als ob mich die Schwangerschaft geheilt hätte. Ich meine, es ist wahrscheinlich verrückt und unsinnig, aber wenn ich mich immer so gut fühlen würde, wäre ich froh, immer schwanger zu sein."

Er grinste. „Wir werden also eine Herde kleiner Monroes haben, die hier herumlaufen?"

Ich schlug ihm auf den Arm. „Das sind keine Rinder!" Ich schüttelte lachend den Kopf, denn es tat gut, unsere Beziehung und die Tatsache, dass er der Vater meines kleinen Kürbisses ist, nicht verstecken zu müssen.

„Zug?", grinste er. „Ich kann meine eigene kleine Eagle Tactical Armee haben."

„Du bist furchtbar!" Ich zeigte mit dem Finger auf ihn. „Du bringst unseren Jungs und Mädchen keine militärische Ausbildung bei. Sie sind Kinder."

Jaxson beugte sich vor und drückte mir einen sanften Kuss auf die Stirn. „Das weiß ich. Ich meinte, wenn sie älter sind. Nicht nur Jungs, sondern erwachsene Männer. Also, wenn sie dreizehn sind."

„Oh, Bruder", murmelte ich.

Seine Finger kitzelten mich an den Hüften, als er mein Hemd höher schob und sich seiner Kleidung entledigte.

„Noch ein zusätzlicher Vorteil." Er grinste und bewunderte meine runden Brüste. „Ich könnte mich daran gewöhnen, dich schwanger und barfuß in der Küche zu haben."

„Du machst dich besser lustig!" Ich schlug nach ihm, woraufhin er mein Handgelenk packte und mich auf die Matratze drückte.

„Vielleicht sollten wir versuchen, noch einen Bruder oder eine Schwester zu bekommen", stichelte Jaxson.

Ich rollte mit den Augen. „Du weißt, dass das so nicht funktioniert. Man kann eine schwangere Frau nicht schwängern."

„Wirklich?" Er neigte lachend den Kopf zur Seite. „Bist du sicher? Ich glaube, wir müssen diese Theorie mal testen."

Sein Atem kitzelte meine Lippen auseinander. Ich wollte mehr. Seine Finger streichelten mich, zogen meine Pyjamashorts und meinen Slip aus.

„Seit wann bist du ein Wissenschaftler?", scherzte ich und setzte unser spielerisches Geplänkel fort. Zum ersten Mal seit langer Zeit fühlte ich mich frei, sicher und bedingungslos geliebt.

Meine Finger stießen an seine Boxershorts. Ich zerrte sie ihm von den Hüften und spürte, wie sich das Bett bewegte, als er den Baumwollstoff zu Boden warf. „Hast du das Memo nicht bekommen? Die Jungs von Eagle Tactical und ich sind ..."

„Bleib stehen." Ich hielt eine Hand hoch. „Ich weiß nicht, worauf das hinausläuft, aber du bist der Einzige, der diese Theorie mit mir testet."

Jaxson grinste. Seine Wangen röteten sich. „Das wollte ich damit nicht sagen!"

„Gut, denn ich möchte für den Rest meines Lebens nur einen Mann." Das Geständnis sprudelte heraus, bevor ich überhaupt realisiert hatte, was ich gesagt hatte.

Er empfand das auch für mich, oder?

„Gut, denn das ist genau das, was ich will. Dich und Izzie. Die beiden Mädchen, die um meine Aufmerksamkeit buhlen."

„Ja, nun, das ist etwas ganz anderes. Izzie kann deine Aufmerksamkeit haben." Ein Grinsen breitete sich auf meinem Gesicht aus, als meine Finger sanfte, federleichte Berührungen über seine Brust und hinunter zu dem, was ich im Visier hatte, nachzeichneten. „Ich bekomme deinen Körper."

„Das ist also alles, was ich für dich wert bin: Sex?", fragte Jaxson. Er lachte und klang nicht im Geringsten verärgert oder wütend.

„Nun, das ist nicht alles, was du wert bist. Dein Verstand ist auch sexy." Ich grinste zu ihm hoch. „Komm her und küss mich endlich."

Seine Lippen sanken auf meine, sein Atem war warm und beruhigend, sein Körper ließ mein Inneres durch seine sanften Liebkosungen und Küsse schmerzen. Er war ein Experte darin, mich ruhelos und voller Verlangen zu machen.

Wir wälzten uns im Bett hin und her, jeder von uns wetteiferte um die Kontrolle. Warme, starke Hände streichelten jeden Zentimeter meiner Haut und brachten mich zum Glühen.

Ich konnte seine Hänseleien nicht mehr ertragen. Meine Hand wanderte nach unten, um ihn zu streicheln, ihn zu berühren und ihn in meine Wärme zu führen.

Ich brauchte ihn, wie ich die Luft zum Atmen brauchte. „Bitte", flüsterte ich und wollte, dass dieser Tanz zwischen uns schneller wird.

Ich hatte mich noch nie in meinem Leben so verzweifelt gefühlt, ich hatte mich so sehr nach etwas gesehnt, dass ich dachte, ich würde sterben, wenn ich es nicht bekäme.

Seine Augen leuchteten und waren groß. Sein Mund bedeckte meinen, als ich stöhnte.

Wir mussten leise sein.

Izzie war im Bett und wir wollten sie auf keinen Fall wecken.

Seine Wärme erfüllte mich und seine Hände umklammerten meine, während er sich langsam bewegte und jeden Moment mit mir auskostete.

„Gott, du bringst mich um", murmelte ich.

Schweiß überzog meine Haut.

Mein Herz pochte gegen meine Brust, aber es fühlte sich gut an.

Es war befriedigend.

„Mehr", stöhnte ich.

Vielleicht waren es die Hormone und die Tatsache, dass ich schwanger war, aber ich konnte einfach nicht genug von Jaxson bekommen. Meine Fingernägel strichen über seinen Rücken und hinunter zu seinem Po, zogen ihn fester an mich und beanspruchten ihn für mich.

Er beschleunigte sein Tempo, als er meine Dringlichkeit und mein Bedürfnis spürte.

Alles in mir schmerzte.

Mein erhitztes Inneres bebte und pochte, als er mich ausfüllte, anfeuerte und befriedigte.

Mit geschlossenen Augen klammerte ich mich mit den Zehen an ihn, während ein Feuerwerk über meinen Augen tanzte. Ich schnappte nach Luft, keuchte schwer und hielt ihn fest, als er sich mit mir löste.

Schnell rollte er sich ab und zog mich an sich. „Ich will dich nicht zerquetschen oder dem Baby wehtun."

„Das wirst du nicht", sagte ich mit einem leisen Lachen. „Unser kleiner Kürbis ist gut beschützt." Ich streichelte sanft über die leichte Wölbung meines Bauches.

An Jaxson gekuschelt, tanzten meine Finger in seinen Haaren und meine Augen verließen seine nicht. „Deine Schwester Skylar will eine Babyparty für mich schmeißen. Na ja, uns."

„Nein."

„Komm schon. Sie versucht, es wiedergutzumachen", sagte ich.

Seine Augen zuckten. „Was sie getan hat, ist unverzeihlich."

Er war ein hartnäckiger Mann. Das muss ich ihm lassen. „Ja, aber sie versucht, sich zu bessern. Sie ist deine Schwester. Hast du Jayden nicht verziehen?" fragte ich.

„Das ist etwas anderes."

Jaxson hatte Jayden einen Platz im Eagle Tactical Team angeboten. Ich war überrascht, dass er ihn eingeladen und noch schockierter, als ich erfuhr, dass Jayden das Angebot angenommen hatte.

„Wie?" fragte ich.

„Ich hatte erwartet, dass Jayden mich verraten würde."

Ich setzte mich im Bett etwas auf. Meine Finger hielten in seinem Haar inne. „Du bist so voller Scheiße." Ich schnappte mir das Kissen und schlug ihn spielerisch damit.

„Du hast mich nicht nur mit einem Kissen geschlagen."

„Doch, habe ich", konterte ich. „Und du kannst deine schwangere Freundin nicht zurückschlagen."

Jaxson packte mich an den Hüften, zog mich unter sich und spreizte mich. Seine Hände kitzelten meine Hüften. „Das wolltest du doch nicht sagen."

Ich hielt mir den Mund zu. Meine Augen waren groß und ich versuchte verzweifelt, nicht zu laut zu lachen und Izzie nebenan zu wecken.

„Du weißt nicht, was ich sagen wollte", konterte ich.

Jaxsons stützte seine Hände auf meine Hüften. „Ist das so? Es klang ein wenig so, als wolltest du dich als meine schwangere Frau bezeichnen."

Sein Blick bohrte sich in meinen.

Mist.

Er war da.

Er hat gesagt, was ich verzweifelt versucht habe, nicht zu sagen, und was mir unabsichtlich herausgerutscht war. Es fühlte sich einfach natürlich an, viel vertrauter und besser als bei meiner ersten Ehe.

Ich hatte mir geschworen, nie wieder zu heiraten, und ich hatte es ernst gemeint, bis ich Jaxson traf.

Wir hatten einen Kürbis zusammen.

Ich konnte immer noch Jaxsons Stimme in meinem Kopf hören. Die ersten Worte, die er gesagt hatte, als ich das Baby als Kürbis bezeichnet hatte. Das kann doch nicht wahr sein! Er hatte verstanden, dass es ein Bewältigungsmechanismus war und eine Möglichkeit, über das Baby zu sprechen, ohne dass ich Angst hatte, es zu verhexen.

Er machte mit, denn er war Jaxson Monroe und würde alles für die tun, die er liebt.

„Und?" Jaxson lächelte. Er starrte mich an und wartete auf meine Antwort.

„Ich habe deinen Antrag nicht gehört", konterte ich.

Bei diesem Spiel können auch zwei mitspielen.

„Das werde ich auch nicht."

Das Lächeln verschwand aus meinem Gesicht.

Wow. Das hat er geschafft.

Ich versuchte, mich aus seiner Umarmung zu befreien, aber er ließ mich nicht.

Tränen bedrohten meine Sicht. Der Raum fühlte sich heiß und stickig an. „Lass mich aufstehen", keuchte ich. Ich musste mich bewegen, aus dem Bett steigen und ins Bad laufen.

Und was tun?

Weinen?

Mich verstecken?

Ich kam mir wie ein Idiot vor.

„Ariella, sieh mich an."

Meine Unterlippe zitterte, und er führte mein Kinn seinem Blick entgegen.

„Ich werde dir erst einen Antrag machen, wenn ich weiß, dass du Ja sagst.

„Was?" Hatte ich ihn richtig verstanden?

Ich blinzelte die Tränen zurück. Jetzt fühlte ich mich wie ein Wrack. Noch schlimmer als kurz zuvor, als ich dachte, er würde mich nie heiraten wollen.

„Ich will, dass es eine große, schicke Zeremonie wird, und ich werde nicht zulassen, dass du mein Ego zerstörst und Nein sagst." Jaxson grinste und starrte auf mich herab.

Ich wischte mir die einzelne Träne weg, die mir über das Gesicht gelaufen war.

Ich war ein Wrack. Ein schwangeres, hormonelles Wrack. Das war Jaxsons Schuld. Aber trotzdem war er süß und nett und ich hatte voreilige Schlüsse gezogen.

„Ich heirate dich unter einer Bedingung", sagte ich und blickte ihn mit funkelnden Augen an.

Er starrte mich an und wartete, bis ich fortfuhr.

„Du versöhnst dich mit Skylar."

Jaxson wimmerte wie ein Kind, während er meine Hüften spreizte. „Ach, komm schon. Nach dem, was sie dir und Izzie angetan hat? Wie soll ich ihr da verzeihen?"

„Sie versucht es. Vielleicht in kleinen Schritten", sagte ich. „Sie gehört zu deiner Familie und ich weiß, dass sie egoistisch war und unser aller Leben aufs Spiel gesetzt hat, aber ich habe ihr inzwischen verziehen."

„Wirklich? Du hasst sie nicht im Geringsten?", fragte Jaxson.

Ich hatte nicht vor, ihn anzulügen. „Oh, ich bin immer noch wütend auf sie, aber ich arbeite mich durch meine Wut. Du hast Jayden verziehen. Jetzt ist es an der Zeit, dass du dich mit Skylar versöhnst."

Er atmete laut durch seine Nase aus. „Ich weiß nicht, Sommersprosse. Du verlangst ganz schön viel von mir."

Ich lachte über die Absurdität der Situation. „Und dich zu heiraten soll ein Picknick sein?" Ich grinste ihn an.

„Und ob das so sein wird. Ich werde dein Ritter in glänzender Rüstung sein", sagte Jaxson. „Ich hebe dich hoch und trage dich über die Schwelle."

„Ja, klar, bevor ich mit dem Kopf gegen eine Wand schlage. Ich habe die Filme gesehen. Nein danke."

Jaxson beugte sich herunter. Seine Lippen streiften meine. „Wie wäre es, wenn ich darüber nachdenke?"

„Was? Mich zu heiraten?"

„Nein, Dummerchen. Skylar zu verzeihen", sagte Jaxson. „Ich will dich auf jeden Fall heiraten."

„Gut, denn sie ist die Gastgeberin der Babyparty. Sie kommt nächsten Samstag vorbei. Du kannst das mit ihr klären."

Ein Teil von mir hasste Skylar immer noch für das, was sie getan hatte, aber ich verstand, dass sie gezwungen worden war, Ben zu helfen, sonst hätte Angelo DeLuca sie als Teil der Sklavenauktion verkauft. Ihr Leben hing davon ab, obwohl sie niemanden außer mir entführen wollte, weil sie hoffte, dass ich uns beide retten könnte, war ihr Plan gescheitert.

Zumindest erzählte sie mir das, als wir uns zum Reden in den Coffee Shop setzten.

„Gut, aber wenn sie dich auch nur schief ansieht, ist sie weg", sagte Jaxson.

„Gut." Ich beugte mich vor und drückte meine Lippen auf seine. „Ich erwarte nichts anderes von dem Mann, den ich liebe."

EPILOG

JAXSON

Alles hatte seinen Platz gefunden. Ariella hatte ein gesundes Mädchen zur Welt gebracht, das wir Olivia Monroe nannten.

Izzie war überglücklich, eine kleine Schwester zu haben, aber sie verstand noch nicht, warum sie nicht mit ihr Teeparty spielen oder sie auf der Schaukel schieben konnte.

Harper war mit einer Überraschung gesegnet worden: Zwillinge. Die Ärzte waren schockiert gewesen, als sie im dritten Trimester feststellten, dass es ein zweites Baby gab, einen Jungen, der sich hinter seiner Schwester versteckte.

Harper war überglücklich über diese Nachricht.

Lincoln verbarg seine anfängliche Panik gut, und als die Zwillinge geboren wurden, gingen sie gemeinsam wie Profis damit um.

Es half auch, dass Harper noch Tantiemen aus ihrer Filmkarriere hatte und sie es sich leisten konnten, ein Kindermädchen einzustellen, das ihnen bei der Betreuung der Zwillinge half.

Ein festes Klopfen ertönte an der Haustür.

„Nur eine Sekunde!" rief ich und hielt die kleine Olivia in meinen Armen. Sie war niedlicher als jeder Kürbis, den ich je gesehen hatte.

Ich warf einen Blick durch den Türspion und war überrascht, Sheriff Nelson auf der anderen Seite der Tür zu sehen.

Ich schaltete den Alarm aus, schloss die Haustür auf und begrüßte ihn. „Sheriff, mit Ihnen habe ich nicht gerechnet", sagte ich.

„Ich wollte Ihnen die Neuigkeiten persönlich überbringen."

Ich hoffe, es sind gute Nachrichten. Etwas Schreckliches konnte ich nicht verkraften. „Ja?" fragte ich. Mein Mund war trocken und ausgedörrt.

„Ist das deine Kleine?" fragte Sheriff Nelson und schaute Olivia an.

„Aber sicher doch. Sheriff Nelson, bitte sagen Sie mir, dass es gute Nachrichten sind, die Sie haben."

„Das sind sie." Er nickte entschlossen. „Wir haben Ben Ryan gestern Abend aufgespürt. Wir haben einen anonymen Hinweis erhalten und ihn mit seiner eigenen Nagelpistole an eine Wand genagelt vorgefunden."

Ich tat mein Bestes, um überrascht auszusehen.

„Wow."

Ich hatte Ariella nicht erzählt, dass die Jungs und ich Ben gestern Abend aufgespürt, etwas mit ihm gespielt und dann die örtliche Polizei eingeschaltet hatten, um sicherzugehen, dass er überlebt, um vor Gericht zu stehen.

„Du siehst gar nicht so überrascht aus", sagte Sheriff Nelson.

„Doch, das bin ich. Ich bin erleichtert, dass es endlich vorbei ist." Ich wiegte Olivia in meinen Armen, als sie anfing zu zappeln.

Hatte meine neugeborene Tochter meine Frustration und Wut auf Ben gespürt? Ich wollte Ariella nicht beunruhigen. Deshalb hatte ich ihr nicht gesagt, dass wir ihn in einem Schuppen aufgespürt hatten, in dem er neben uns wohnte.

Er hatte sich in dem Schuppen auf ihrem alten Grundstück eingenistet.

Hatte er uns gestalkt?

Wartete er auf den richtigen Moment, um unsere Kinder zu entführen oder meine Verlobte zu verletzen? Ich weigerte mich, zuzusehen und darauf zu warten, dass er unser Leben noch einmal ruiniert.

„Er wurde verhaftet und wegen Entführung, Kindesgefährdung, versuchten Mordes und Frauenhandels über die Staatsgrenzen hinweg angeklagt," sagte der Sheriff.

„Ich bin froh, dass ihr den Kerl endlich geschnappt habt."

Die Augenbraue des Sheriffs zuckte. „Ich hoffe wirklich, dass du nichts damit zu tun hast, Monroe."

„Ich bin sicher, du hast Ben gefragt und er hat dir die Wahrheit gesagt."

Sheriff Nelson rollte mit den Augen. „Wie sie es immer tun. Jedenfalls habe ich bereits mit Skylar Monroe, Hazel Agron und Harper Madison gesprochen. Sie haben sich alle bereit erklärt, gegen Benjamin Ryan auszusagen. Deine Frau, Ariella Monroe, wurde zweimal von Ben entführt. Ihre Aussage würde viel dazu beitragen, dass er auf unbestimmte Zeit eingesperrt bleibt."

„Ich werde es tun", sagte Ariella, als sie um die Ecke vom Flur ins Wohnzimmer kam.

Ich hatte nicht gehört, dass sie sich hereingeschlichen hatte.

So ein Mist.

Hatte sie gehört, wie man ihn an die Wand genagelt gefunden hatte?

„Bist du sicher?" Ich warf einen Blick auf Ariella.

„Ja, ich muss dafür sorgen, dass er nie wieder einen Tag außerhalb des Gefängnisses ist ."

Ich würde bei jedem Schritt für Ariella da sein. „Okay. Was ist mit Enzo Ricci?", fragte ich den Sheriff. „Gibt es irgendetwas Neues von ihm?"

Während ich zusammen mit den Jungs von Eagle Tactical eine Aussage über Angelo und Sergio DeLuca machen musste, war Enzo involviert. Er hatte meine Schwester ohne ihr Einverständnis an Angelo übergeben und damit diese Katastrophe ausgelöst.

„Er ist weg. Vermisst, soweit wir das sagen können. Er hat die Stadt verlassen, und niemand hat ihn gesehen oder von ihm gehört. Zumindest redet niemand. Wir vermuten ein falsches Spiel. Es ist möglich, dass einer von DeLucas Männern ihn überfahren und getötet hat, aber wir haben keine Leiche gefunden und es gibt keinen offensichtlichen Tatort."

„Er ist immer noch da draußen", sagte Ariella. Sie verschränkte die Arme vor ihrer Brust.

„Ich würde mir deswegen keine Sorgen machen. Er weiß, dass der örtliche Sheriff und die Bundespolizei nach ihm suchen. Wenn er schlau ist, hat er die Stadt verlassen und ist in ein anderes Land geflogen, in dem es keine Auslieferung gibt. Das FBI hat seinen Pass markiert, aber ein Typ wie er fliegt nicht mit dem Flugzeug."

Nach dem Gespräch, das Jayden mit Dante geführt hatte, vermutete ich, dass Enzo tot war.

Die Mafia wusste, wie man Beweise vertuscht und vernichtet.

Niemand würde Enzo jemals finden.

„Und der Menschenhändlerring?" fragte ich. Wir hatten die Informationen, die wir erhalten hatten, weitergegeben und die Augenzeugenaussagen von

Ariella, Hazel und Jayden reichten aus, um die Familie DeLuca aus dem Geschäft zu drängen.

Dante Ricci war immer noch da, aber er hatte geschworen, dass er seine Geschäfte in eine andere Richtung lenken würde.

Olivia fing an zu zappeln, und Ariella nahm sie mir aus den Armen, um sie zu füttern.

„Es kommen keine Lieferungen mehr in und aus Breckenridge. Die Bundespolizei beobachtet Gino DeLuca und Dante Ricci. Wenn einer von ihnen auch nur einen Fehler macht, und das wird er, dann werden wir ihnen auf den Fersen sein."

„Danke", sagte ich erleichtert, als ich hörte, dass wir das endlich hinter uns haben würden.

Die Mafia wusch wahrscheinlich immer noch Geld, verkaufte Drogen oder Waffen, aber wenigstens waren es keine Menschen.

Ich begleitete den Sheriff nach draußen, schloss die Tür hinter ihm und schaltete die Alarmanlage wieder ein. Man kann nie vorsichtig genug sein.

„Bist du sicher, dass du gegen Ben aussagen willst?", fragte ich.

Ariella saß auf dem Sofa und stillte unser kleines Mädchen, das sie in ihren Armen hielt.

„Ich sehe keine andere Möglichkeit. Ich muss meine Familie beschützen, und das geht am besten, wenn ich diesen Bastard hinter Gitter bringe."

Izzie sprang die Stufen hinunter, zwei auf einmal, und hüpfte wie ein Känguru, bevor sie sich neben ihre kleine Schwester setzte.

„Mama, was ist ein Bastard?", fragte Izzie.

So ein Mist.

Manche Dinge ändern sich nie.

———

Danke, dass du Verborgen: Jayden gelesen hast. Ich hoffe, dir hat die gesamte Eagle Tactical-Reihe gefallen.

Willst du mehr von Dante und der Ricci-Familielesen?

Geheimes Gelübde, das erste Buch der Mafia Ehen-Reihe, ist noch heißer und dunkler, aber in jedem Buch wird es ein Happy End geben!

Es wird sogar einen besonderen Auftritt einer der Hauptfiguren aus der Eagle Tactical-Serie geben. Aber keine Sorge, ich verspreche, dass ich ihr Happy End nicht zerstören werde.

Sie will ihre Freiheit, und ich will nur sie...

Nicole DeLuca ist die Tochter des größten Verbrecherbosses an der Westküste. Habe ich schon erwähnt, dass ihr Vater, Gino DeLuca, mein Feind ist?

Ich habe mit Nikki geschlafen, und ich kann sie beim besten Willen nicht vergessen. Ich habe sie im Auge behalten und dafür gesorgt, dass kein anderer Mann in ihre Nähe kommt.

Ich werde sie verjagen wie die Bestie, die ich bin, um sie zu beschützen.

Wie ein eingesperrter Vogel sehnt sie sich verzweifelt nach Freiheit. Nikki schleicht sich hinaus, nur um geschnappt und als Braut verkauft zu werden.

Selbst im dunkelsten Raum, im schmutzigsten Winkel der Welt, erkenne ich sie. Sie ist meine kleine Taube.

Ich kaufe sie. Besitze sie. Rette sie.

Nur sieht sie das nicht so...

Sie will ihre Freiheit, und ich will nur sie und das Baby.

Klicke jetzt auf GEHEIMES GELÜBDE!

Und melde dich für meinen Newsletter an, um über Neuerscheinungen, Werbegeschenke und Freebies informiert zu werden: www.authorwillowfox.com/subscribe

Ich freue mich, wenn du mir hilfst, das Buch weiterzuempfehlen, indem du einem Freund oder einer Freundin davon erzählst. Rezensionen helfen Lesern, Bücher zu finden! Bitte hinterlasse eine Rezension auf deiner Lieblingsbuchseite.

WERBEGESCHENKE, KOSTENLOSE BÜCHER UND MEHR GOODIES!

Ich hoffe, dass dir VERBORGEN gefallen hat und du mit dem Happy End für Jaxson, Ariella und das Team von Eagle Tactical zufrieden warst.

Dies ist zwar meine erste Serie als Willow Fox, aber ich veröffentliche bereits seit 2013 professionell.

Melde dich für meinen Willow Fox Newsletter an

Wenn dir VERBORGEN gefallen hat, nimm dir bitte einen Moment Zeit, um eine Rezension zu hinterlassen. Rezensionen helfen anderen Lesern, meine Bücher zu entdecken.

Du weißt nicht, was du schreiben sollst? Das macht nichts. Sie muss nicht lang sein. Du kannst erzählen, wie du mein Buch entdeckt hast: War es eine

Empfehlung von einem Freund oder einem Buchclub? Lass die Leserinnen und Leser wissen, wer dein Lieblingscharakter ist oder was du gerne als Nächstes sehen würdest.

Vielen Dank fürs Lesen! Ich hoffe, dass du dich in meine Mailingliste einträgst, damit ich dich über kostenlose Bücher, Werbeaktionen, Werbegeschenke und Neuerscheinungen informieren kann.

ÜBER DEN AUTOR

Willow Fox schreibt schon seit ihrer Highschoolzeit (vor vielen Jahren) gerne. Ihre Kleinstadtromane spiegeln das Leben in einer Kleinstadt im ländlichen Amerika wider.

Egal, ob sie Liebesromane schreibt oder draußen am Lagerfeuer sitzt und ein gutes Buch liest, Willow liebt die Magie des geschriebenen Wortes.

Sie träumt davon, von den Füßen gerissen zu werden und hofft, dass sie das auch bei ihren Lesern erreichen kann!

Besuche ihre Website unter:

https://authorwillowfox.com

AUCH VON WILLOW FOX

Gebrüder Bratva

Brutaler Boss

Böser Boss

Besitzergreifender Boss

Zwanghafter Boss

Gefährlicher Boss

www.ingramcontent.com/pod-product-compliance
Lightning Source LLC
Chambersburg PA
CBHW021037030726
47496CB00006B/1571